김근당 소설집

겨울 야생화

문학
의식

* This book cover has been designed using resources from Freepik.com

작가의 말

나는 짧은 글에 선명한 이미지를 담아내는 시 창작에 묘미를 느꼈다. 그래서 내 문학 여정의 처음에는 시 창작에 몰두했다. 그러나 하고 싶은 이야기가 많은 나는 늘 부족감을 느꼈다. 천성인지 몰랐다. 가슴 속에서 부글부글 끓고 있는 이야기들, 나를 만들어 놓은 아버지 어머니의 지난한 삶의 역정(歷程), 그들이 맨몸으로 받아내야 했던 역사가 내 안에 쌓여 있어 살아내야 하는 생활 속에서도 그것들을 풀어내지 않고는 배길 수 없었다. 그래서 늦은 나이에 소설을 시작했고 십여 년 줄기차게 써왔다. 그중 일부를 엮어 첫 소설집을 낸다. 마음이 조금은 후련하다.

김근당

차례

사막

아내는 정말로 그곳에 갔을까?
그곳에서 어떤 모습을 하고 있을까?
아무리 생각해도 아내의 모습이 떠오르지 않는다.
마치 다른 세상의 사람처럼.

모래언덕들이 끝없이 이어져 있다. 살아있는 것은 아무 것도 없다. 이름을 알 수 없는 거친 관목들 사이로 기어 다니던 사막 쥐나 전갈들도, 드문드문 서있던 선인장들과 가시 공처럼 뭉쳐 있던 갈색 풀뭉치들도 보이지 않는다. 얼마를 더 가야 하는지 알 수 없다. 앞서가는 안내인은 말이 없다. 모래바람이 훅 하고 몰아쳐 온다. 가끔씩 보이던 붉은 바위 덩어리들도 보이지 않는다. 연갈색 또는 노란색 모래언덕들이 끝없이 이어지고 있을 뿐이다.

하늘에서 쏟아지는 태양빛이 모래경사면을 따라 미끄러지고 있다. 경사면이 하얀색 또는 연노랑 색으로 보인다. 하늘에는 떠 있는 태양은 보이지 않는다. 하늘은 온통 은백색뿐이다. 출발한지 한 시간 가까이 되었을 것 같다. 지루하고 고통스런 여정이다. 어디를 보아도 사람이라곤 안내인과 나 둘 뿐이다. 가로질러가던 베두인 가족인 듯 남루한 옷을 입은 여자와 남자는 어디로 간 것일까. 아이 둘은 낙타에 태운 채 염소와 양 대여섯 마리를 몰고 갔었다. 메마른 사막 어디에 초원이 있다는 말인지 알 수 없다.

낙타의 발굽에서 모래먼지와 함께 열기가 후끈 솟아오른다. 나는 호흡을 멈추고 눈을 질끈 감는다. 눈앞이 하얗게 확대되며 멀리 푸른 야자수들이 보인다. 나는 기쁨에 눈을 번쩍 뜬다. 그러나 눈앞엔 끝없는 사막뿐이다. 낙타는 아무렇지도 않게 경사면을 내려고 있다. 낙타의 발굽 아래서 모래가 무너지고 계속해서 모래 먼지가 날려 올라오고 있다. 나는 손으로 코를 가리고 재채기를 한다.

앞서 가는 안내인이 뒤돌아본다. 갈색 얼굴 위의 하얀 두건과 바람에 날리는 하얀 망토 자락이 이색적으로 보인다. 한 시간가량을 함께 걸어왔는데도 이질감이 해소되지 않는다. 눈이 크고 오뚝한 코 밑으로 검은 수염이 다보록한 모습이 콥트교회에서 보았던 신부의 얼굴 같아 보인다.

"우리가 가야할 곳이 저기 저곳입니다."

안내인이 손을 들어 먼 곳을 가리킨다. 말은 알아들을 수 없다. 그의 손이 가리키는 곳도 모래언덕뿐이다. 높고 낮은 언덕들이 아득하게 굽이치고 있다. 저 언덕들 너머 어디에 있다는 말인지 알 수 없다. 나는 낙타안장의 손잡이를 잡고 하늘을 올려다본다. 형체도 보이지 않는 태양에서 눈부신 빛만 쏟아지고 있다. 그 열기로 몸이 달아오르고 목이 타들어간다. 쏟아지는 태양빛에 굴복할 수밖에 없다. 이집트의 파라오들은 이래서 백성들에게 자신이 태양의 아들이라 지칭

하며 그 권능으로 백성들 위에 군림했던 것일까?

나는 한 손을 눈 위에 얹고 얼굴을 들어 태양을 찾는다. 태양의 형체는 끝내 보이지 않는다. 하얗게 빛나는 하늘만 높게 펼쳐져 있다. 청회색인지 은회색인지 분간이 가지 않는다. '저 높은 곳 어딘가에 하늘이 열리는 곳이 있단 말이지.' 나는 아내가 했던 말을 떠올린다. 아내가 그곳으로 갔다고 했다. 낯선 이집트에서 온다 간다 말없이 사라진 아내다.

"이슬람 국가인 이집트에 그리스도교를 믿는 사람들이 있지. 기독교 초창기 때부터 이천 년 가까이 이어온 교파야. 교황을 따로 두고 그 교황의 권위와 엄격한 의식으로 그들만의 전통과 신앙을 지켜오는 사람들이지. 그들은 사막에 은둔하여 많은 영적 지도자를 배출하는 수도원과, 교인들이 언제나 가서 기도할 수 있는 사막기도소의 영성으로 이슬람 국가에서도 기독교신앙을 유지하고 있다는 거야. 이교도와는 절대로 결혼도 하지 않는데. 혈통을 지키기 때문이라는 거지. 장례도 고대로부터 내려온 관습 그대로 시신에 방부제를 주입시키고 백색붕대로 감아 미라로 매장한다는 거야. 조상들이 믿었던 부활을 바라기 때문이지. 그들이 기도하는 사막 한가운데에 하늘이 열리는 곳이 있다는 거야. 옛날 파라오들이 오벨리스크 밑에서 기도하면 하늘이 파랗게 열렸다는 것처럼. 그렇게 열리는 곳을 통해 하느님과 직접 소통한다는 거야."

이집트여행을 준비하고 있을 때였다. 아내가 뜬금없는 말을 했다. 나는 허튼 소리지 무슨 그런 곳이 있겠어하고 속으로 콧방귀를 뀌었다. 아내의 허황된 말에 반박이라도 하면 말싸움이 되기 때문이었다. 자신의 생각을 철저히 믿는 아내였다. '요즈음 세상에 하늘이 열리는 곳이 있다고, 그리고 그곳으로부터 하느님과 소통한다고.' 나는 아내가 한심스러웠다.

안내인이 삼 미터쯤 앞서 가고 있다. 나는 안내인을 따라붙고 싶지만 낙타는 내 생각대로 따라주지 않는다. 안내인도 뒤돌아보지 않는다. 출발할 때는 옆에 붙어 걸으며 이것저것 말을 걸기도 했지만 내가 말을 알아듣지 못하자 시들해진 모양이다. 나는 안내인을 쫓아가기 위해 양쪽 발로 낙타에게 박차를 가한다. 낙타가 킁킁거리며 제자리에서 겅중겅중 뛴다. 낙타의 등이 앞뒤로 심하게 흔들린다. 이 미터도 더 될 것 같은 높이다. 나는 몸을 지탱하기 위해 상체까지 낙타 등에 밀착시키고 안장 손잡이를 단단히 그러잡는다. 낙타가 겨우 진정한다. 등에 앉은 사람이 자신을 다루는 솜씨가 서투른 이방인이라는 것을 아는 모양이다. 나는 낙타의 목 줄기를 쓰다듬어준다. 출발할 때 안내인이 말했었다. 낙타는 스트레스를 받으면 화를 내거나 제자리에서 뛰기도 한다는 것이다. 낙타는 머리가 좋다고도 했다. 사막 한가운데에서 길을 잃거나 주인을 버리고 혼자 가는 법이 없다는 것이다. 사막기도소까지도 수없이 다닌 낙타라고 했다. 나는 몸을 일으켜 느긋이 앉는다.

태양빛이 바람과 함께 모래를 쓸어가고 있다. 사각사각 소곤소곤 속삭이듯 모래들이 쓸려나가는 소리가 들린다. 수천 년 동안 아니 수만 년 동안 오직 햇빛과 모래가 만들어 놓은 신비로운 세상의 이야기를 하고 있는 것 같다. 이곳은 신의 땅이라고. 신이 파라오로 내려와 세상을 지배하고 있는 곳이라고.

나는 아내가 했던 말을 다시 생각한다. 사막은 참으로 알 수 없는 곳이다. 오래도록 사람의 발길이 닿지 않은 곳 어딘가에 아내가 말했던 곳이 있을 것 같기도 하다. 현지 가이드 김 과장이 했던 말도 생각난다.

"이집트 파라오들은 자신을 태양의 아들이라 자칭하며 그 권능으로 제국을 다스렸습니다. 죽으면 승천하여 명계에 들어가 태양신과 함께 산다고도 했습니다. 그래서 피라미드를 이렇게 높이 쌓게 했고, 자신의 몸을 미라로 만들게 했습니다. 이제 가보시면 알겠지만 파라오들은 태양신을 숭배하기 위해 거대한 신전을 지었고, 태양신과 소통하기 위해 사각 돌기둥을 통으로 깎아 만든 70여 미터의 높은 오벨리스크도 세웠습니다. 그 밑에서 기도를 올리면 하늘이 파랗게 열린다는 것입니다."

카이로 서남쪽 기자지방의 사막에 사천오백여 년 전에 세웠다는 쿠푸왕의 피라미드 앞에서였다. 아내는 김 과장의 설명을 주의 깊게 듣고 있었다.

"하늘이 열리는 곳이 정말로 있습니까?"

아내가 갑자기 질문을 했다. 사람들이 모두 아내를 쳐다보았다.

"다음 일정에 신전과 오벨리스크에 가볼 기회가 있으니 그때 가서 알아봅시다."

김 과장이 말을 돌렸다.

다음 날이었다. 한쪽에는 죽음의 세계인 사막이 끝없이 펼쳐져 있고 다른 한쪽은 키 큰 야자나무들이 늘어서 있는 경계선을 따라 버스를 타고 가면서 아내는 기분이 들떠 있었다. 신의 세계라도 탐험하러 가는 사람 같았다. 도착한 곳은 왕가의 계곡이었다. 바위산에 파라오의 무덤이 60여개나 뚫려있다는 곳이었다. 바위산 그늘에서 파라오들의 무덤에 대해 김 과장의 설명을 듣고 있을 때였다. 아내가 갑자기 배가 아프다고 했다. 아침에 지방이 많은 음식을 먹은 것이 탈이 난 것 같다고 했다. 호텔 뷔페식이 빵과 햄, 소시지, 계란, 우유, 치즈 같은 것이고 야채로 나온 것은 오이뿐이었다고 투덜거렸다. 김 과장의 설명이 끝나고 사람들이 무덤을 향해 올라가려하자 아내는 설사가 나올 것 같다며 얼굴을 찡그렸다. 왕가의 계곡으로 걸어 올라올 때도 멀쩡하던 아내였다. 아내는 화장실에 한번 다녀오면 괜찮을 것 같다며 동동거렸다. 나는 아내와 함께 화장실을 찾았다. 그러나 바위산인 왕가의 계곡에는 화장실이 없었다. 화장실은 차에서 내린 매표소 건물에 있다는 것이었다. 나는 아내에게 함께 화장실에 가자고 했다. 낯선 땅이고 온갖 사람들이 섞여 있는 곳이기 때문이었다. 그러나 아내는 혼자 갔다 올 테니 당신은 일생에 한번인 기회를 놓치지 말고 사람들을 따라가 무덤 관광을 하고 오라며 부지런히 비탈길을 내려갔다.

나는 사람들의 뒤를 따라 무덤으로 올라갔다. 왕가의 무덤들 중에 가장 최근에 발굴되었다는 람세스 9세의 무덤이었다. 양쪽 벽에 갖가지 부조가 새겨진 통로에 사람들이 길게 늘어서서 벽에 가득히 새겨진 문양과 그림을 보면서 고대 이집트인들이 살았던 시대를 탐색하느라 북적거렸다. 나는 긴 통로를 따라가 사다리를 타고 내려가는 무덤까지 둘러보고 서둘러 바위그늘 밑으로 다시 왔다. 아내는 보이지 않았다. 화장실에 충분히 갔다 올 시간이었다. 나는 혹시나 해서 아내를 이리저리 찾아보았다. 기념품 상점들도 들어가 보고 태양빛이 따갑게 내려쬐는 왕가의 계곡 여기저기에서 북새통인 관광객들 사이를 비집고 다니기도 했다. 그러나 아내는 어디에서도 보이지 않았다. 나는 초조하게 기다리다 사람들이 하나 둘 모여들 때야 그들에게 사정을 말하고 긴 S자로 구부러진 내리막길을 따라 매표소 건물에 있는 화장실까지 가보았다. 그러나 아내를 찾을 수 없었다. 나는 다급한 마음에 만나는 사람마다 붙잡고 물었다. 검은 바지와 하얀 셔츠에 노랑 양산을 쓴 삼십 대 한국 여자를 보았느냐고. 아무도 대답해주지 않았다. 아무리 생각해도 알 수 없는 일이었다. S자 모양으로 구부러진 길의 굴곡 지점에 설치한 하얀 천막이 보였다. 휴게소로 설치해 놓은 것 같은 천막 안에 여러 나라의 관광객들과 통치마 같은 옷을 입은 이집트인들이 섞여있었다. 나는 그곳으로 들어가 사람들에게도 물어보았다. 그들 중에 한국 사람이 자신의 일이라도 되는 듯이 걱정해주며 말했다.

"이집트에는 정치적 긴장이 고조되고 사회적 불안이 야기되고 있지요. 무슬림형제단체 내 강경파들의 반정부 테러가 고조되고 있고 이를 틈타서 돈을 노리고 관광객을 납치하는 무리도 있습니다."

그는 아직도 그들이 존재하고 있으니 빨리 대사관에 가서 신고부터하라고 했다. 나는 덜컥 겁이 났다. 관광버스를 타고 거리를 지날 때 곳곳에 경찰들이 총을 어깨에 메고 서있던 것이 생각났다.

햇빛아지랑이 때문인지 저만치 보이는 것이 멀어졌다 가까워지며 정신을 어지럽힌다. 사막에서 나타난다는 신기루 같기도 하다. 파란 야자수 잎들이 햇빛과 함께 춤을 추듯 흔들리고 있다. 시원한 물로 갈증을 풀고 달콤한 야자열매로 허기증을 달래고 싶다. 그러나 안내인은 다른 곳으로 가고 있다. 신기루가 분명한 모양이다. 없으면서 있는 것처럼 보이는 것. 아내도 그랬다. 있으면서 없었던 것처럼 사라졌다. 무슬림형제단에 납치되었을지도 모른다고 했다. 그런데 대사관에서는 다른 말을 했다.

안내인은 여전히 뚜벅뚜벅 걷는 낙타에 몸이 흔들리며 앞서가고 있다. 나도 높은 낙타 등에 앉아 낙타가 가는 대로 몸을 맡긴다. 내가 하고 싶어도 되는 것은 아무 것도 없다. 멀리에 또 다시 나타나는 것이 있다. 나는 정신을 잃지 않으려고 노력한다. 갈수록 서서히 모습을 드러내는 것은 신기루가 아닌 작은 산이다. 불에 타고 남은 잿더미처럼 보인다. 높은 모래구릉 같기도 하다.

안내인이 산 속으로 들어간다. 검은 입을 크게 벌리고 있는 동굴이다. 나도 안내인을 따라 들어간다. 천정이 높은 길은 계곡 같기도 하고 터널 같기도 하다. 갑자기 어두워진 동굴 속이라 어떻게 생긴 것인지 알 수 없다. 앞서 가는 안내인도 보이지 않는다. 길바닥은 거칠고 길은 구불구불 이어지고 있다. 어쨌거나 햇빛이 가려지니 한결 시원한 느낌이 든다. 한쪽에서 불어오는 바람이 다른 쪽으로 나가는 것 같다.

굴속을 빠져 나가자 또 다시 내려쬐는 태양빛의 세상이다. 어둠 속에서 갑자기 환한 세상으로 나온 때문일까. 눈앞에 다른 세상이 펼쳐져 있는 것 같다. 달의 표면 같이 중력도 공기도 희박한 것 같은 느낌이 든다. 나는 갑자기 고독을 느낀다. 살아오면서 느꼈던 외로움이다. 아무에게도(아버지, 어머니에게도) 기댈 수 없는 삶을 나 혼자 지탱해 왔다. 아내도 마찬가지였다. 나를 이해해주지 않았다. 안내인은 어디에 있는 것일까? 아무리 둘러보아도 보이는 것은 하얀 파도처럼 몰려오는 모래언덕들뿐이다. 안내인은 보이지 않는다. 사막 속의 파라오 시대로 사라지기라도 했단 말인가. 아내가 말했었다. 사막에는 고대의 역사 자취가 많다고. 아무 것도 없는 모래구릉 같지만 그들의 혼령이 잠들어 있는 곳이라고. 나는 두 손으로 눈을 부비고 다시 사방을 둘러본다. 보이는 것은 하얗고 노란 모래언덕들뿐이다.

걸음을 멈추었던 낙타가 다시 걷기 시작한다. 어디로 가고 있는지 알 수 없다. 저만치 하얀 햇빛 속에 검은 실루엣 같은 것이 보인다. 낙타를 타고 가는 안내인 같다. 나는 반가움에 낙타를 재촉한다. 그러나 낙타는 빨리 가지 않는다. 오랜 세월 동안 그렇게 걸어왔다는 듯이 뚜벅뚜벅 걷고 있다. 나는 손에 쥐고 있는 고삐를 휘두르고 양발로 낙타의 배를 찬다. 낙타가 다시 겅중겅중 뛴다. 나는 떨어질 것 같은 몸을 겨우 지탱한다. 낙타라는 놈은 참으로 알 수 없다. 오랜 조상 때부터 사막에서 살아왔기 때문일까. 사람의 말을 듣지 않는다. 불안하게 모래언덕을 내려가는 낙타의 발굽에서 모래먼지가 올라온다. 실루엣도 보이지 않는다. 끝없이 펼쳐진 모래계곡에 시간도 공간도 존재하지 않는 것 같다. 나는 나마저 잃어버릴 것 같은 두려움에 낙타의 고삐를 바짝 끌어 잡는다.

안내인이 모래언덕에 가려진 곳에서 기다리고 있다. 태양빛이 모여들고 있는 곳이다. 안내인이 뒤돌아보며 미소를 짓는다. 무슨 의미인지 알 수 없다. 어디쯤 와 있는지 위치도 방향도 알 수 없다. 안내인이 다시 가기 시작한다. 나는 물을 한 모금 마셔 입안을 적신다. 물도 얼마 남지 않았다. 몸이 무겁고 허리가 아프다. 생각해보니 콥트교회를 찾아다니느라 헤매었고 아내를 찾아야겠다는 마음에 아무것도 먹지 않은 채 낙타를 탔었다. 나는 물을 다시 마신다. 이제 가죽 통에 남은 물은 없다. 안장이 있지만 오래 타고 온 탓인지 엉덩이도 아프다. 뜨겁게 내려쬐는 태양빛에 머리가 후끈거린다. 형체도 보이지 않는 태양에서는 여전히 불볕을 내리쬐고 있다. 쉬었다 갔으면 좋겠지만 마땅히 쉴 그늘도 없다. 안내인도 쉬어갈 기미를 보이지 않는다.

아내는 이렇게 뜨거운 태양빛 아래 이런 낙타를 타고 어떻게 그곳까지 갔을까? 아무리 생각해도 알 수 없다. 몸이 약하고 참을성이 없는 아내다. 음식을 조금만 잘 못 먹으면 배탈이 나고 조금만 힘든 일을 하면 머리가 아프다고 했다. 자주 듣는 말이지만 어떤 음식을 먹으면 배탈이 나고 또 어떤 때 머리가 아픈지 모른다. 아내는 짜증을 내기 일쑤고 신경질도 잘 부렸다. 그러나 그림을 그릴 때면 세 시간이고 네 시간이고 꼼짝하지 않았다. 기분이 좋을 때는 친절하기도 하고 상냥하게 말하기도 했다. 나는 어떤 게 진짜 아내인지 몰랐다. 왕가의 계곡에서도 그랬다. 얼마나 배가 아픈지, 정말로 화장실에 한 번만 갔다 오면 설사가 깨끗이 멎는지 알 수 없었다. 관광객들이 북적이는 왕가의 계곡에서 사람이 어떻게 감쪽같이 사라질 수 있는지, 하늘이 열리는 곳에 정말로 가기는 한 것인지 알 수 없다.

결혼하고 칠 년이 넘었다. 그 사이 아내는 미술과 종교의 세계에 빠져 있었고 나에게는 치열하게 살아야하는 현실이 있었다. 그렇게 서로 다른 세계에서 살다보니 서로를 알지 못했다. 연애할 때의 감정도 언제 어떻게 사라졌는지 몰랐다. 아내와 남편으로 살았는지, 사랑은 있었는지 알 수 없었다. 바쁘게 살 때는 몰랐는데 사막에서 아내를 찾아 헤매다 보니 더욱 그런 생각이 든다.

아내를 처음 만났을 때, 아내는 '기독교사(基督教史)'를 읽고 있었다. 대학교 도서관에서였다. 군에서 제대한 나는 복학 후에 취직 준비를 하고 있던 중이었다. 아내는 아버지가 지방 도시에 있는 큰 교회의 장로라고 했다.

"부전공으로 종교철학을 공부하고 있지. 미술에 성공하지 못하면 목사라도 될 거거든."

아내가 농담처럼 말했다. 나는 기독교에 대해서는 전연 몰랐다. 하느님에 대해서도, 종교철학을 공부해서 목사가 될 수 있는지도 몰랐다. 도서관에서 자주 만난 아내와 나는 전화번호를 주고받았고 아내가 주로 전화를 했다. 나는 인상이 깨끗하고 잘 생겼다는 말을 들었지만 결단력이 부족했다. 어떤 것이 좋은지 즉각 판단을 내리지 못하고 이리저리 따져본 후에야 뒤늦게 그렇지 하는 편이었다. 그래서 순간의 선택이 정확한 아내를 좋아했는지 몰랐다. 아내는 매사 빠르고 정확했다. 때로는 생각이 엉뚱하기도 했지만 새롭고 재미있는 발상도 잘 했다. 데이트 장소며 식당이며 메뉴 등 모든 것은 언제나 아내가 결정했다. 아내는 자신의 결정에 따라주는 내가 마음이 너그러운 사람이라고 생각했는지 몰랐다. 아니면 단정한 외모만큼 여자를 배려해 주는 매너가 있다고 생각했는지도 몰랐다. 내가 학교를 졸업하고 작지만 알찬 중견기업에 취직하자 아내가 결혼하자고 대시했다. 아내가 아직 졸업도 하지 않은 4학년 때였다.

아내는 결혼을 하고도 대학원에 진학했다. 서양화에 대해 더 공부해야겠다는 것이었다. 그 후로 화실에 틀어박혀 있었고 틈만 있으면 교회에 나갔다. 나 또한 밤낮없이 회사 일에 바빴다. 중견기업이라는 곳이 그랬다. 사람은 적고 할 일은 많았다. 나는 아내가 대학원을 졸업할 때 대리가 되었고, 그림에 열중하고 있을 때는 과장이 되어 있었다. 나는 빨리 출세하고 돈을 벌고 싶었다. 돈이 있어야 아버지가 책임지지 못하는 동생들을 공부시킬 수 있었다. 아내의 불만을 무마하며 시골집에 돈을 보내야 했다. 특별히 돈 벌 재주가 없는 나는 진급을 빨리 해서 봉급이라도 많이 받아야 된다고 생각했다.

아내는 막내로 아버지의 사랑을 독차지하며 컸다고 했다. 다섯 살 때 어머니가 저세상으로 가고 여섯 살 때 새로 들어온 어머니 밑에서 친엄마 없는 외로움을 아버지가 채워주었다고 했다. 교회 장로인 아버지가 어렸을 때부터 교회에 데리고 다녀 하느님에게 푹 빠졌다고도 했다.

아내의 그림에는 이상한 형상의 추상화가 많았다. 독특하고 환상적인 그림이었다. 나는 아내의 그림을 이해할 수 없지만 아내는 미술계에 이름을 알리고 있었다. 종교에 대해서도 서로를 이해하지 못했다. 나는 철저한 무신론자였다. 다윈의 진화론을 믿는 편이었다. 아이도 갖지 못했다. 처음에는 아내가 대학원에 다니느라고 일부러 조절했고 뒤이어 서로 바쁘게 살면서 아이를 갖는 일에 마음을 모으지 못했다. 그렇게 각자의 세계에서 살아온 아내였다. 아내는 정말로 그곳에 갔을까? 그곳에서 어떤 모습을 하고 있을까? 아무리 생각해도 아내의 모습이 떠오르지 않는다. 마치 다른 세상의 사람처럼.

김 과장과 함께 간 대사관은 한적했다. 직원의 안내를 받아 만난 영사는 사무적이었다. 내 말을 듣고는 아내의 인적사항과 여행목적, 여행경로, 여행사와 여행인원, 실종된 상황 등을 자세히 적으라고 서류양식부터 내밀었다. 나는 서류에 꼼꼼히 적은 다음 아내를 찾던 중에 들었던 이야기도 말했다.

"물론 배제할 수 없습니다만……."

영사가 느긋하게 말했다. 귀찮은 일이 생겼다는 표정 같기도 했다. 영사는 이집트 경찰에 협조요청을 할 터이니 돌아가 있으라고 했다. 그러나 하루가 지나도 아무런 연락이 없었다. 김 과장 회사에서도 연줄이 닿는 경찰을 통해 알아보았지만 별 소득이 없었다. 이틀 후 다시 대사관에 찾아갔을 때였다. 영사는 아직도 확실한 정보가 없다며 검은 표지의 작은 책 한 권을 내놓았다.

"이게 부인 것이 맞습니까?"

나는 책을 받아 이리저리 살펴보았다. 검은 가죽표지가 하얗게 헐어있고 간지에 장인의 이름과 서명이 있는 성경책이었다. 아내가 아버지에게서 받은 것이라고 애지중지 가지고 다니던 것이었다.

"예. 맞습니다. 그런데 이게 어떻게 여기에……?"

나는 깜짝 놀랐다. 아내의 성경책이 대사관에 있을 줄은 꿈에도 몰랐다.

"현지 경찰서에서 보내온 것입니다. 왕가의 계곡 화장실에서 습득한 것이라고 하던데요."

영사도 이상하다는 듯이 나를 보았다. 나는 덜컥 겁이 났다. 화장실에 성경책까지 떨어트리고 없어졌다면 아내에게 급박한 일이 일어났던 것이 분명했다.

"그렇다면 무장단체에게 납치라도 되었다는 말입니까?"

나는 성경책을 움켜쥐며 물었다.

"검은 9월단이라고 무슬림형제단이 있습니다. 우리도 그 방면으로 알아보고 있습니다."

영사가 나를 보며 말했다.

"영사님! 어떻게 하면 좋겠습니까?"

나는 영사에게 매달렸다. 이집트 땅이었다.

"하지만…… 납치되었다면 협상을 하자고 연락이 왔을 것입니다. 그들의 행태로 보아서 말입니다."

영사가 말했다. 그리고는 내가 기록한 서류를 들여다보며 엉뚱한 질문을 했다.

"이집트에는 관광으로 오셨다고 했지요?"

"예. 그렇습니다."

"그 외에 다른 목적은 없습니까? 혹시 부인께서라도 말입니다."

"제 아내에게요?"

나는 이집트 여행을 가자던 아내를 떠올렸다. 며칠을 화실에 박혀 있던 아내가 갑자기 이집트에 가자고 했었다.

"외국 관광을 오면서까지 성경책을 가지고 온 것을 보면 독실한 크리스천 같은데요."

"예. 그렇습니다."

나는 영사의 말에 언뜻 대답했다.

"이곳에도 콥트교회라고 이슬람 국가에서 아주 독특하게 교세를 이어가고 있는 기독교인들이 있습니다."

영사가 나를 바라보았다. 혹시나 하는 눈빛이었다.

"예. 아내도 콥트교회에 대해 관심을 가지고 있었습니다."

"그렇다면…… 그쪽으로 알아보시는 것도……."

영사가 김 과장과 나를 번갈아 바라보았다. 김 과장도 그게 좋겠다는 듯이 나를 바라보았다. 이집트에 살고 있는 한국 젊은이였다.

"콥트교회부터 찾아봅시다. 납치되었을 가능성에 대해서는 대사관에서도 회사에서도 계속 알아보고 있으니까요."

김 과장이 말했다.

덜컹거리는 붉은색 지프 택시를 타고 찾아간 콥트교회는 둥근 돔이 이집트 어디서나 볼 수 있는 이슬람사원 같았다. 하얀 돔 위에 솟아 있는 십자가가 교회라는 것을 말해주고 있을 뿐이었다. 교회 안에서는 예배가 진행되고 있는지 알 수 없는 금속제 악기에 맞춘 합창 소리가 흘러나왔다. 말을 알아들을 수 없는 독창자와 합창대의 응답 형태의 노래가 특수한 음조로 이어졌다. 언제부터 시작된 예배인지 몰랐다. 나는 초조하게 기다리다 교회사무실로 찾아갔다. 문을 열고 들어가자 책상 뒤에 앉아있던 사람이 일어나 반갑게 맞아주었다. 큰 등치에 비해 갈색 얼굴이 유순해 보이는 중년의 남자였다. 자신을 사무장이라고 소개했다.

"혹시, 외국인도 교회에 오는지요?"

김 과장이 물었다.

"예. 가끔 있습니다만……?"

"그렇다면 삼 일 전에 한국 여인이 찾아오지는 않았습니까? 하늘이 열리는 기도소에 가겠다고 말입니다."

김 과장이 다시 물었다.

"그런 사람들이 있기는 합니다만……."

사무장이 어물거렸다.

"기독교인입니다. 그곳에 가서 기도드리고 싶습니다."

김 과장이 사정했다.

사무장이 망설였다. 김 과장이 나에게 말했다. 콥트인들은 이민족을 싫어하지만 기독교인이라면 환영한다고. 이슬람 국가에서 어렵게 기독교를 믿고 있기 때문이라고, 그러니 내치지는 않을 것이라고 했다. 그때 마침 교회로 통하는 문이 열리며 검은 통치마를 입고 머리에 달라붙은 검은 모자를 쓴 사람이 나타났다. 사무장이 신부님이라며 소개해주었다. 검은 턱수염을 길게 늘어뜨린 신부의 모습이 거부감을 주었지만 막상 악수를 청하며 웃는 모습은 소탈해 보였다. 얼굴 형태가 갸름하고, 코가 오뚝하고, 눈이 큰 모습이 이집트 고대박물관에서 보았던 파라오의 석상과 비슷했다. 사무장과 대화를 나누는 말은 김 과장도 알아듣지 못한다고 했다. 콥트어라는 것이다. 신부님은 곧 밖으로 나갔다.

"가는 길을 알려주십시오. 우리도 그곳에서 하느님께 기도드리고 싶습니다."

김 과장이 다시 간청했다. 사무장이 이번에는 흔쾌히 대답했다.

"그러시다면…… 교회 문을 나가 왼쪽으로 야자나무를 따라 가십시오. 그곳에 낙타 계류장이 있을 겁니다."

김 과장이 고맙다고 인사하고 서둘러 나섰다. 교회 옆으로 커다란 야자나무들이 울타리처럼 서있고 울타리 밖은 사막이었다. 어디선가 낙타의 울음소리가 들리는 것도 같았다. 우리는 부지런히 야자나무 울타리를 따라갔다. 낙타 소리가 다시 들렸다. 저만치 울타리 옆에 낙타들이 서있는 것이 보였다. 야자나무 그늘 아래 이집트인 두 명이 앉아있는 것도 보였다. 한 사람은 젊은이고 한 사람은 중년쯤 되어보였다. 김 과장이 그들에게 다가가 묻자 중년의 사내가 낙타들을 가리키며 그곳에 가는 낙타라고 대답하는 것 같았다.

그들과 한참을 이야기하고 난 김 과장이 돈을 요구한다고 말했다. 이백 달러였다. 나는 아내가 있는 곳까지 데려다준다면 돈은 아깝지 않았다. 김 과장과 내가 이야기하는 사이에 젊은 남자가 벌써 낙타의 등에 안장을 올리고 물 자루를 챙기는 등 떠날 채비를 하고 있었다. 김 과장은 카이로에 남겠다고 했다. 대사관에 새로운 소식이 있는지 알아보고 여직원 샤디와 함께 경찰서에 가서 동향을 파악해보겠다는 것이었다. 그러면서 혹시라도 긴급한 일이 생기면 단축번호가 있으니 전화하라고 스마트폰을 내밀었다. 신호음은 콥트교회에서 듣던 것과 비슷하다고 했다. 나는 휴대폰을 받아들었다. 이방인과 함께 떠나는 사막 여행이었다. 중년의 남자가 김 과장과 주섬주섬 말하고 있었다. 사막

여행과 낙타에 대한 주의사항이라며 김 과장이 자세히 알려주었다.

맞은편 모래언덕의 능선을 따라 올라가는 세 사람이 보인다. 나란히 줄을 서서 올라가는 사람들, 하얀색 도포에 허리와 하얀색 두건은 검은 띠로 묶여 있다. 낙타도 타지 않고 가는 사람들이 아주 먼 시간 속에서 올라오는 사람 같아 보인다. 사막 깊은 곳에 있는 파라오의 궁전에서 그들의 존재를 현실 세상으로 알리러 가는 사신들 같다. 사막 어딘가에 아직도 궁전이 있는 것일까? 파라오가 태양신을 섬기었다는…… 나는 엉뚱한 생각을 한다. 목을 조이는 갈증에 머리가 타들어가는 것 같다. 가죽 물통을 높이 들고 탈탈 털어보지만 남아 있는 물은 없다. 나는 정신을 차리려고 안간힘을 쓴다. 안내인이 모래언덕 위로 올라가고 있다. 하늘이 열린다는 곳은 어디쯤에 있을까? 지치고 허기진 몸으로 태양빛이 파고들어온다.

모래언덕의 환한 비탈을 따라 태양빛이 미끄러져 내리고 있다. 비탈에서 내려온 태양빛들이 계곡을 따라 흘러가고 있는 것 같다. 빛에 쓸려 내려간 모래톱에 하얗게 드러난 뼈가 보인다. 뼈는 하나가 아니다. 하얗고 노란 뼈들이 여기저기 박혀 있다. 얼마나 오래 전에 살았던 동물인지 아니면 사람의 뼈인지 알 수 없다. 이십 년 이백 년 아니, 이천 년……? 하얗고 누런 모래 색처럼 변해 있는 것이 숨어 있는 시간을 말해주고 있는 것 같다.

인간의 몸속에도 저처럼 오래된 시간이 묻혀 있는 것은 아닐까?

인간을 인간이게 하는 시간이. 나는 나대로 아내는 아내대로이게 하는 시간이. 인간의 내력(來歷)은 그렇게 이어져 오늘에 이르렀을 것이다. 그래서 아내와 나는 서로 이해할 수 없는지 모른다. 나는 종교에 심취한 아내를 이해할 수 없었고 아내는 동생들에게 집착하는 나를 이해할 수 없다. 나는 생각에 생각이 겹치는 시간 속으로 들어간다. 어디만큼 와있는지 알 수 없다.

경사면을 내려가는 낙타가 발을 헛디딘 듯 휘청거린다. 밑에서 큰 구렁이가 꿈틀한 것 같다. 나는 깜짝 놀라 떨어지려는 몸을 겨우 바로잡는다. 낙타도 중심을 잡는다. 모래언덕을 내려가자 개활지가 펼쳐져 있다. 계곡을 흘러 내려온 태양빛들이 개활지에 모여 있는 듯 사방에 아지랑이가 아롱거린다. 언제부터 쌓여 있는지 알 수 없는 태양빛들이 낙타를 뒤덮고 내 목까지 차오르는 것 같다. 목이 타고 몸이 뜨겁게 달아오른다. 물이…… 물이…… 물이 없다.

하늘에서 내려오는 빛줄기들이 현란하다. 은실과 금실이 수없이 늘어져 있다. 아내가 그린 그림 같다. 캔버스에 수없이 늘어진 은빛 금빛 줄기들 뒷면에 하얗게 묻혀 있는 얼굴이 미소 짓고 있었다. 동아시아 젊은 미술인 전시회에서 호평을 받았다는 그림이다. 신비스러운 세계로 빨려 들어가게 하는 것 같았다. 나는 빛줄기 속을 헤집는다. 아내가 빛줄기들 뒤에서 환하게 웃고 있다. 나는 아내를 쫓아간다. 아내가 점점 멀어지고 있다. 아내는 보이지 않고 하얀 깃발들이 흔들리고 있다. 나는 눈을 크게 뜨고 다시 아내를 찾는다. 하얀 깃발들이 수없이 나부끼고 있다. 낙타가 그곳으로 가고 있다. 나는 앞을 주시한다. 하얀 옷에 청색 가발을 쓴 사람들이 앉아 있다. 그들 앞에 높이 솟아 있는 사각형의 돌기둥이 보인다. 날씬하고 정교하게 깍은 기둥이 하늘을 찌르고 있다. 그 앞에서 무릎을 꿇고 기도하고 있는 사람이 있다. 턱에 길고 두툼한 검은 수염이 늘어져 있고 머리에 청색과 황금색의 뱀의 머리와 독수리의 몸으로 장식한 둥글고 높은 관을 쓰고 있다. 그의 옆에 하얀 옷을 입고 황금 관을 쓰고 있는 여자가 있다. 여기가 어디인가? 그가 양팔을 벌리고 주문을 외고 있다. 말은 알아들을 수 없지만 음조는 콥트교회에서 흘러나오던 노래 소리와 비슷하다. 그가 때때로 기도를 멈추고 하늘을 올려다본다. 그가 올려다보는 탁한 하늘에 파란색이 보인다. 하늘이 선명하게 뚫려 있고 그곳에서 하얗게 빛이 나오는 것 같다. 나는 깜짝 놀라 제단 앞에 앉아 있는 사람을 다시 본다. 파라오가 분명하다! 사람들이 웅성거린다. 그러자 기도를 올리던 파라오와 옆에 있는 여자가 뒤를 돌아본다. 아내다! 아내가 분명하다. 나는 놀랍고 기쁜 마음에 아내를 부르며 쫓아간다.

"여보! 나야 나!"

그러나 아내는 꼼짝 않고 앉은 채 웬 놈이냐는 듯이 바라보고 있다. 이렇게 변할 수가 있다니! 아내가? 그때다.

"저놈을 통째로 구어 제단에 올리거라!"

청천벽력 같은 소리가 터져 나온다. 나는 기겁을 하고 낙타에 채찍을 가한다. 파라오의 병사들이 쫓아온다. 나는 죽어라 채찍을 휘두른다.

엉덩이와 허리가 깨진 듯 아프고 머리도 아프다. 나는 정신을 차리고 사방을 둘러본다. 창을 들고 쫓아오던 파라오의 병사들은 보이지 않는다. 낙타가 저만치 앉아 있다. 조금 전에 보았던 사람들도 아내와 파라오도 없다. 나는 모래바닥에서 일어나 두 손으로 허리를 받히고 절룩거리며 걸어가 낙타 등에 앉는다. 낙타가 다시 일어나 걷는다. 그제야 저만치서 웃고 있는 안내인이 보인다. 나는 안도의 숨을 몰아쉰다.

"물! 물이 있습니까?"

나는 물통을 들어 보인다.

"물, 물이라고요?"

안내인이 물통을 건네준다. 나는 물을 벌컥벌컥 마신다. 정신이 제자리로 돌아온다.

"저기. 저곳을 보십시오."

안내인이 손을 들어 가리키는 곳, 모래 언덕이 양쪽으로 높은 가운데 우뚝 선 돌탑 앞으로 모여 있는 사람들이 하얗게 보인다. 저 곳에 아내가 있다는 말이지! 저 파라오의 오벨리스크 앞에! 나는 방금 전에 보았던 아내를 떠올린다. 파라오의 여인이 되어 있던 아내다.

"자. 갑시다!"

안내인이 앞장선다. 나는 안내인을 따라 태양빛이 쌓여 있는 사막 속으로 들어간다. 파라오의 여자가 된 아내를 찾아서.

쑥부쟁이 꽃

경수는 뒤늦게 후회했지만 어쩔 수 없었다.
지숙은 바다로 나간 커다란 물고기가 되었고
자신은 마른 하천의 작은 웅덩이에 남은
물고기 신세가 되고 말았다.

둥근 달이 서쪽 하늘에 걸려 있다. 하늘은 어슴푸레 멀고 마을은 달빛으로 환하다. 마당 옆 고추밭에는 달빛에 쫓긴 어둠이 무성한 잎 속에 숨어 있고, 밭둑을 따라 나란히 서 있는 옥수수 잎사귀들이 검푸른 빛깔을 번뜩인다. 경수가 몸을 돌려 마당을 본다. 광목을 깔아 놓은 듯 환한 마당에는 대추나무 그림자가 짙게 드리워져 있다. 경수의 그림자가 나무가들 사이에 끼어있다. 경수는 대추나무 가지들 사이에 꼼짝 못하게 갇혀 있는 자신의 모습이 어이없다. 오랜만에 시골집에 와서 잠이나 싫건 자려고 했는데……. 경수는 길게 숨을 들이마신다. 가슴 속으로 시원한 밤공기가 한껏 몰려 들어온다. 머릿속을 들쑤시던 생각들이 차가운 공기에 쫓겨나가는 것 같다. 그러나 그것도 잠시뿐이다. 섭섭하고 괘씸한 생각들이 머릿속을 헤집는다. 도대체 서로 맞대면해서 어쩌자는 것인지 알 수 없다. 지가 옛날을 생각한다면 그럴 수 없다. 서울로 올라간 것이 십 년이 넘었는데 생각지도 않게 고향으로 내려와 머릿속을 들쑤시고 있다. 대범하게 마음먹기로 했었다. 모르는 사람처럼 대하리라 생각도 했었다. 그런데 갖가지 생각에 쫓겨난 잠은 다시 오지 않았다. 왜 이 작은 지방도시까지 내려왔는지 모른다. 판검사뿐만 아니라 공무원들까지 모두 서울로 가기를 원하는데…… 그것도 고향으로 내려오다니……. 그렇다하더라도 어째서 출두 통지서인가? 경수는 이런저런 생각에 마음이 심란하다. 혹시 복수라도 하려는 것일까? 경수는 마음이 켕긴다. 십년이 넘도록 한 번도 만나 본 적이 없는 지숙이다. 어떻게 변했는지 알 수도 없다. 아마도 검사 티가 배어있을 것이다. 그래도 지가 어떻게 자라고 공부했는데……. 섭섭하고 괘씸한 마음을 어쩔 수 없다.

경수는 머릿속을 헤집는 생각을 털어버리기라도 하듯 두 팔을 위로 뻗어 올리며 숨을 한껏 들이마신다. 대추나무 가지가 손에 걸린다. 샛길 하나 사이를 두고 떨어져 마주보고 있는 두 그루의 대추나무다. 많은 가지에 대추알들이 주렁주렁 매달려 있을 때면 온 하늘이 붉게 물들어 보였었다. 그러나 이제는 굵은 둥치마저 움푹 패여 있고 몇 개 남아 있지 않은 가지만 옆으로 길게 뻗어 있다. 그들 중 하나가 지숙이네 지붕 위에 걸쳐있다. 슬레이트 지붕이 검게 그을려 있고 추녀 한쪽으로 깨어진 곳도 있다. 훤히 들여다보이는 뒤뜰의 장독대도 을씨년스럽게 보인다. 비었거나 깨진 항아리들이 몇 개 모여 있을 뿐 옆으로 예쁘게 가꾸어져 있던 화단에도 꽃 한 송이 없다. 경수네 마당보다 낮은 곳에 지어진 지숙이네 집은 뒷담이 있다 해도 언제나 뜰 안이 넘겨다보였다. 꽃밭에는 채송화며 봉선화 그리고 백일홍이 붉게 피어있었다.

초등학교 때였다. 저녁이면 지숙은 슬레이트집 뒷문을 나와 대추나무 사이를 지나 기와집 대문으로 들어오곤 했었다. 그리고 제 형제들과 함께 큰 부엌 바닥에서 헌 밥상에 차려주는 밥을 먹었다. 부엌일을 하는 지숙이 어머니가 차려준 밥상이었다. 경수는 그런 지숙을 곱게 대하지 않았다. 심술이 나면 지숙을 걷어차고 치마를 들치기도 했었다. 언제나 검정 팬티를 입고 있었다. 학교에서 돌아올 때면 개구리를 잡아 지숙이 책가방에 몰래 넣기도 했었다. 지숙이 울며 집으로 돌아왔지만 누구 한사람 역성을 들어주는 사람이 없었다. 지숙이 어머니도 오히려 오빠 말 잘 들으라고 지숙을 나무랬다.

경수는 마당을 지나 도랑에 놓인 드럼통 다리를 건너 지숙이네 마당으로 내려간다. 경수네 마당과 지숙이네 뒷담 사이에 있는 도랑이다. 비가 오지 않으면 물도 흐르지 않는 도랑이지만 양쪽으로 개망초 꽃들이 줄지어 피어있다. 하얀색 또는 연보라색 꽃들이 달빛을 받아 더욱 아름답게 보인다. 도랑뿐 아니다. 지숙이 기거하던 방 들창문 밑까지 이어져 있다. 농경지나 척박한 땅 아무데서나 줄기차게 번식하는 개망초다. 한여름에서 초가을까지 피는 꽃이 보기는 좋았다. 하지만 농사꾼들이 제일 싫어하는 꽃이다. 콩을 심은 논둑이나 또는 밭둑에서 논이나 밭까지 점령해가는 개망초는 뿌리가 단단하게 박혀 뽑아내기도 어렵고 베어내도 또 다시 자란다고 했다.

마당 쪽으로 나 있는 지숙이 방 들창문 창호지가 찢어져있다. 지숙이 고등학교에 다닐 때 까지 쓰던 방이다. 창살도 하나 둘 빠져있는 것을 보면 지금은 아무도 사용하지 않는 모양이다. 하기는 지숙이 오빠들도 모두 시내로 나갔고, 늙은 부모도 지숙을 따라 시내로 나갔을 것이다. 마당가의 살구나무 세 그루와 그 뒤쪽으로 아카시아 나무 숲은 여전히 무성하다. 살구나무 옆에 짚을 엮어 둘러친 뒷간은 찌그러져 있고 마당에는 장마가 할퀴고 간 자국이 그대로 남아 있다. 여름밤이면 멍석이 깔리고, 멍석 가득 동네 사람들이 모이던 마당이다. 동네 사람들은 경수네 넓은 마당을 마다하고 지숙이네 작은 마당으로 모여들었다. 경수는 아직도 그 이유를 알지 못한다. 지숙이 사법고시에 합격했을 때는 경수네 마당까지 멍석이 깔렸었다. 할머니는 친 손녀가 합격이라도 한 듯이 집안과 마당을 들락거리며 총지휘를 했었다. 음식 장만에서 손님 접대까지, 아예 경수네 집에서 잔치를 베푸는 것이나 마찬가지였다. 넓은 마당에는 천막이 쳐졌고 곳곳에 알전등이 불을 밝혔다. 경수네 마당에는 면내 유지들이 앉아 있었다. 모두가 손 면장 집(경수 할아버지가 면장을 했었기 때문에 마을에서는 아직까지도 그렇게 부른다) 손님들이었다. 동네 사람들은 지숙이네 마당으로 모여들었다. 젊은 아주머니들은 큰 마당과 지숙이네 마당을 오르내리며 음식을 나르기에 바빴다.

"개천에서 용 났지. 용 났어."

할머니는 집안을 들락거리며 말했다. 기뻐서 하는 말인지 샘이

나서 하는 말인지 몰랐다. 하기는 지숙이 중학교에 다닐 무렵부터 듣던 말이었다. 지숙이 어머니에게도 대놓고 말했다. 지숙이 어머니는 할머니가 어려워서 그런지 아니면 좋아서 그런지 배시시 웃기만 했다. 그러던 것이 언제부턴가 경수에게로 화살이 되어 돌아오기 시작했다.

"머슴의 딸년은 저렇게 공부를 잘 허는디…… 너는 워째서 이 모양이 꼴이냐?"

손 씨 집안의 하나뿐인 장손이었다. 그래서 가끔씩 싸움질하고 다녀도 담임선생님에게서 전화가 오고 어머니가 학교에 불려가도 크게 혼내지 않았다. 성적은 언제나 반에서 상위권에 들었으므로 대견스럽게 생각하던 할머니였다. 그러던 것이 읍내에 있는 중학교에 가면서 지숙은 언제나 일등을 하는데 경수는 지숙을 반도 따라가지 못했다. 할머니의 말에 어쩔 줄 몰라 하던 어머니도 닦달하기 시작했다.

"지숙을 봐라. 지숙이를…… 지숙이 반만이라도 닮아봐라. 경수야!"

경수는 지숙이 꼴을 보기 싫었다. 지숙만 보면 골탕을 먹이고 싶었다. 공부도 뒷전이었다. 불량한 아이들과 어울려 싸움질만 하고 다녔다. 학교가 끝나고 집에 오는 길에는 책가방을 똘마니를 시켜 집에 가져다주게 하고 아이들을 모아 내천으로 산으로 개구리나 산토끼를 잡으러 다니기도 하고 면사무소와 소방서가 있는 광장에 모여 축구도 하며 대장노릇을 했다. 할머니와 어머니는 노심초사했지만 경수를 잡을 수 없었다. 가정교사를 붙여도 소용이 없었다.

"누구를 닮아서 그 모양인지? 내 원 창피해서……."

뒤늦게 사태를 파악한 아버지도 혀를 찼다. 고등학교에 가서도 경수의 성적이 뒤에서 두세 번째를 맴도는 줄은 모르고 있던 아버지였다. 경수가 서울에 있는 입시 학원에서 스파르타식인가 뭔가 하며 공부했어도 떨어지는 대학을, 지숙이 고등학교를 졸업하자마자 그것도 우리나라 최고의 대학에 합격하자 아버지는 동네에 얼굴을 들고 다닐 수 없다고 탄식했다. 그도 그럴 것이 동네뿐만 아니라 시내까지 알만 한 사람들에게 경수와 지숙은 화제꺼리가 되고 있었다. 경수는 뒤늦게 후회했지만 어쩔 수 없었다. 지숙은 바다로 나간 커다란 물고기가 되었고 자신은 마른 하천의 작은 웅덩이에 남은 물고기 신세가 되고 말았다.

"개천에서 용이 났다."

경수는 할머니가 하던 말을 되씹는다. 아무래도 모를 일이다. 그 아버지래야 평생을 일에만 처박혀 살아 온 상머슴이다. 그 어머니 또한 겨우 초등학교만 나온 부엌데기에 불과했다. 그런데 어떻게……? 경수는 달빛 환한 마당에서 지숙이네 집을 바라본다. 반쯤 열린 찌그러진 대문으로 안마당이 보인다. 마당 옆으로 헌 지게와 작은 탈곡기가 보인다. 사람이 살던 집 같지 않다.

할아버지가 지어준 집이다. 처음에 지숙이 아버지와 어머니는 경수네 기와집 사랑채 구석진 방에 살았다. 그런데 지숙이 오빠들이 태어나고 자라면서 네 식구가 한방에 살기가 비좁았고, 할아버지가 면장을 하면서 손님 접대 하는 일이며 일철마다 몰려드는 일꾼들의 잠자리도 모자랐다. 거기다 안팎을 십여 년간 부려먹으면서 오두막 집 한 채도 마련해주지 않는다고 동네 사람들이 쑥덕거리기도 해서 마당 밑에 있는 텃밭에 슬레이트집을 지어주었다.

지숙이 아버지는 경수에게 재 종백 7촌 아재다. 나이 열 대여섯에 손 면장 집에 들어와 한 집안 식구처럼 눌러 살았다. 천성이 우직하고 부지런한 지숙이 아버지는 경수 할아버지와 아버지가 시키는 대로 일만 했다.

지숙이 어머니도 경수 어머니 쪽의 친척이다. 초등학교를 마치는 나이에 손 면장 집에 들어왔다. 부엌일을 할 사람이 없는 손 면장 집에 식모로 들어온 셈이었다. 어려서부터 경수 할머니와 어머니 밑에서 부엌일이며 살림살이를 배우면서 음식 솜씨며 살림 수완이 제법 늘어갔다. 그래서 경수 할머니가 둘을 결혼시켜 아래채 사랑방에 살림을 차려주었다고 했다.

경수가 마당가 살구나무를 본다. 몰라보게 큰 나무들은 이제 푸른 잎만 무성하다. 꽃이 만개할 때는 꽃 대궐을 이룬 것처럼 마당이 환했었다. 경수가 중학교 삼학년이었으니까 지숙이 이학년 때였을 것이다. 경수는 지숙이 그때 일을 아직도 기억하고 있을 것 같아 오금이 저린다. 동네 어른들이 모두 들일을 나간 마을은 텅 비어 있었다. 마당 끝 채소밭에는 노란 장다리꽃들이 피어 있고 그 위를 나비들이 날아다니고 있었다. 채소밭에서 지숙이네 마당 쪽을 바라보던 경수는 꽃 대궐 속에서 책을 읽고 있는 지숙을 발견했다. 순간 경수는 호기심이 발동했다.

"지숙아! 이거 줄까?"

경수는 책을 읽고 있는 지숙이 앞에 다가가 예쁜 만년필을 불쑥 내밀었다. 중학교 입학 선물로 아버지에게서 받은 것이었다.

"……!?"

깜짝 놀란 지숙이 눈을 동그랗게 뜨고 경수와 만년필을 바라보았다. 겁을 먹은 표정이었다.

"이거 줄게 나하고 놀자."

경수는 지숙의 손에 만년필을 쥐어주고는 다짜고짜로 손목을 잡아 아카시아 숲으로 끌고 갔다. 경수네 높은 채소밭과 아카시아 언덕이 만나는 곳으로 빗물이 살구나무 쪽으로 흘러나가는 통로가 있을 뿐 주변이 막히어 둥지처럼 생긴 곳이었다. 그곳으로 끌려온 지숙이 풀밭에 넘어지며 올라간 치마 밑으로 하얀 다리와 무명 팬티가 보였다. 경수는 무작정 지숙의 팬티를 끌어내렸다. 지숙의 하얀 사타구니가 보였다. 그 순간 지숙이 앙칼지게 경수의 팔뚝을 물어뜯었다. 팔뚝에서 피가 뚝뚝 떨어졌다. 지숙은 어느새 노란 장다리가 피어 있는 밭둑을 따라 달아나고 있었다.

"오라버니! 어서 오세요."

경수가 심호흡을 하고 301호 검사실 문을 열고 들어서자 지숙이 자리에서 일어나 맞아준다. 경수가 주춤한다. 고등학교를 졸업하고 서울로 올라간 지 10년이다. 모르는 사람처럼 변한 지숙이 반갑게 다가와 악수를 청한다. 경수는 얼떨결에 지숙의 손을 잡는다. 지숙의 손이 웃는 얼굴만큼이나 부드럽다. 문 곁의 컴퓨터 앞에 앉아 있는 아가씨도, 좀 더 안쪽으로 앉아있는 입회서기도 자리에서 일어서며 웃는다. 위압적이고 딱딱한 분위기였던 검사실과는 대조적이다.

"그사이 어떻게 지내셨어요?"

지숙이 자리에 앉으며 묻는다. 경수는 여전히 어정쩡하다. 어렸을 때의 기억들이 다가갈 수 없는 거리를 만들고 있다.

"잘 지내고 있습니다. 검사님!"

경수는 정중하게 대답한다. 세월이 흐른 만큼 변해 있는 지숙이다. 경수는 지숙을 다시 한 번 훔쳐본다. 지숙의 세련된 얼굴에 초등학교 시절의 모습이 남아있다. 여리고 천하던 모습이다. 사람이 변해도 지워지지 않는 흔적 같은 것이다. 경수는 지숙의 머릿속에도 지워지지 않은 흔적들이 남아 있을 것이라 생각한다. 너는 나를 업신여기고 괴롭혔던 나쁜 놈이야!

"자리에 앉으시지요. 이렇게 오시라고 해서…… 별것은 아닙니다. 그냥 얼굴도 뵙고 몇 가지 물어볼 것도 있고 해서요."

컴퓨터 아가씨가 입회서기 책상 앞에 있는 의자를 검사 책상 앞으로 가져다 놓는다. 직접 심문하려는 것인가? 경수는 입회서기를 돌아본다. 입회서기는 책상에 얼굴을 박고 열심히 서류를 넘기고 있다. 아마도 자신이 보낸 송치서류 일 것이다. 그러면 그렇지, 이정도의 사건에……. 그것은 입회서기의 몫이지. 경수는 생각하며 의자에 앉는다.

"할머님은 강령하시지요? 제가 인사를 드려야 할 텐데. 인수인계를 받자마자 사건이 배당돼서요. 곧 뵈러 간다고 말씀 전해 주세요. 배은망덕한 놈이라고 역정 내실라."

지숙이 책상 앞에 앉아있는 경수를 건너다보며 말한다.

"내려왔다고 반가워하시기는 하시지만, 뭐 바쁜 줄 아시니까요."

경수도 얼버무려 대답하고 지숙을 건너다본다. 세월의 저만치에서 다가오는 지숙이 보인다. 대추나무 밑을 지나 기와집 대문으로 들어가던 꾀죄죄한 모습이다. 아무래도 네가 나를 심문하겠는가. 네가 어떻게 검사까지 되었는데. 어린 시절을 생각하면 그럴 수는 없지. 경수는 의연하게 마음을 먹는다.

"우리 편하게 하자고요. 오라버님."

지숙이 경수를 바라본다.

"그러시다면 검사님이……."

경수는 설마 하는 마음으로 지숙을 본다.

"몇 가지만 확인하면 됩니다."

지숙도 경수를 응시한다. 옛날의 불량학생 모습은 간데없고 성실한 경찰의 모습만 남아 있는 것 같다. 세월의 저 너머에서 귀공자로 개구쟁이로 살아온 경수다. 동네 아이들 대장 노릇을 했고, 자신을 무던히도 괴롭혔고, 중학교와 고등학교 때에는 싸움질만 하고 다녔었다. 지숙은 잠시 경수의 그런 모습을 상상한다. 어렸을 때의 성정은 어른이 되어도 변하지 않는 법이다. 그러니까 피의자를 그렇게 대했을지도 모를 일이다.

"그런가요? 검사님."

경수는 서운한 마음에 사로잡힌다. 기어이 직접 심문하겠다는 지숙이다. 경수는 마음을 다진다. 어린 시절에 당했던 것을 보복할 심산이라면 어쩔 수 없다. 인간의 심리는 누구나 비슷할 테니까. 그래 네 생각대로 해봐라. 사건 수사와 송치서류에는 문제점이 없을 것이다.

지숙이 책상 위에 놓여있는 서류철을 끌어당긴다. 하나는 경수가 작성한 송치서류고 또 다른 하나는 낯선 서류다. 겉장에 '탄원서'라고 큰 글씨로 씌어 있다. 경수는 저으기 놀란다.

"경찰에게 가혹행위까지 당했다고 탄원서를 올렸는데, 사실인가요?"

지숙이 탄원서를 열어보며 질문한다.

"가혹행위라니요? 그건 아닙니다. 검사님!"

경수가 펄쩍 뛴다. 당치도 않은 이야기다.

"취조실의 전등 스위치를 내려 공포 분위기로 몰아넣었고, 강압적으로 자백을 강요하며 이에 응하지 않자 구타를 했다는 탄원서가 접수되었는데요. 사실이 아닙니까?"

지숙이 경수를 쏘아본다. 가난하고 힘없는 사람들을 깔보고 못된 짓을 하던 경수였다. 지숙은 탄원서가 사실일 수도 있을 것이라고 생각한다. 본성은 어느 순간에 나타날 수 있는 것이니까. 경수는 가슴이 무너진다. 거짓말이 드러났기 때문이 아니다. 머릿속에 박혀있는, 지숙에 대한 한 가닥 남은 자존심마저 무너지는 자괴감 때문이다.

"검사님! 그게 아닙니다. 피의자 이영달은 협상이라도 하듯이 진술을 번복하며 거짓말로 말장난을 했습니다. 그래서 진술을 받아내는데 많은 날이 걸렸습니다. 검사님도 이영달과 저와의 관계를 아시지 않습니까?"

경수는 어의가 없는 상황이라서 하지 않아야할 말까지 했다. 피의자가 경찰과 동등한 위치에서 흥미로운 게임이라도 하려는 듯이 능글거리던 이영달이었다.

"자. 여기를 보세요."

지숙이 경수에게 탄원서를 넘겨준다. 첨부되어 있는 사진이 있는 부분이다. 병원 진단서도 붙어있다. 삼주일의 통원 치료가 요한다는 진단서다. 사진에는 정강이 부분이 퍼렇게 멍들어 부어올라 있다. 경수는 사진을 보고 깜짝 놀란다. 전신사진을 보니 이영달이 틀림없다. 어떻게 이런 일이 있을 수 있는지 귀신이 곡할 노릇이다. 경수는 수사 과정을 떠올린다. 어렵게 취조를 마치고 검찰에 보낼 송치서류를 정리하고 있을 때였다. 이영달이 갑자기 배가 아프다고 나뒹굴어 의무실에 갔고 담당의사가 급성 맹장인 것 같다고 경찰서 밖의 병원으로 보냈던 일이 있었다. 물론 경호 순경이 대동했었다. 이영달은 멀쩡하게 돌아왔고 그 후로도 아무런 일이 없었다. 탄원서도 거짓투성이다. 취조경찰이 고분고분 혐의를 인정하지 않는다고 고함을 지르고, 뺨을 때리고, 수차례 발길질을 했다는 것이다. 경수는 고소를 금치 못한다.

"피의자 이영달이 경찰서 밖 병원에 나갔던 일에 있었습니다. 그때……."

"입회순경이 호송하지 않았나요?"

지숙이 경수의 말을 끊으며 묻는다.

"따라갔습니다. 그렇지만……."

경수는 말을 잇지 못한다. 딱히 말할 수 있는 상황이 떠오르지 않는다. 언뜻 이영달의 형수가 떠오른다. 시골 여인 같지 않은 모습으로 경찰서에 찾아왔었다.

"피의자가 피해자 집 방까지 들어간 증거, 이것도 확실합니까?"

지숙이 엉뚱한 곳으로 질문을 돌린다.

"현장에 출동했던 지구대 김 경장의 현장조사에서도 확인 되었고 사건경위서도 피의자가 인정한 사실입니다."

"사건 경위서는 피의자도 인정하지 않고 있어요."

지숙이 탄원서를 뒤적이며 반박한다.

"피해자 고발장에도 사건 정황이 상세히 기술되어 있습니다."

경수도 굽히지 않는다.

"그런데 어째서 지문 감식이 빠졌나요?"

"지문 조사는 했지만 찾아내지는 못했습니다."

"그러면 고발자의 말만 믿었다고요?"

"장갑을 끼었을 수도 있고…… 단정적으로 피의자의 주머니에서 주인집 여자의 팬티가 나왔습니다. 검사님!"

경수가 단호하게 대답한다. 감정이 섞인 말투다. 확실한 증거와 그 밤에 실시한 현장조사와 사건경위서 그리고 피해자의 고발서 등은 믿지 않고 피의자의 탄원서에만 집중하고 있기 때문이다.

"안마당의 빨래 줄에 빨래가 걸려 있던 것은 확인하지 않았나요?"

지숙이 또 다른 질문을 한다.

"한밤중에 빨래가 걸려 있었다니요? 경위서 어디에도 피해자 진술에도 없던 사실입니다."

"피의자가 술에 취해 있었던 것은 몰랐나요?"

지숙이 계속 질문을 퍼붓는다.

"출동했던 김 경사와 피해자 집 주인이 동네 술친구라는 것도 몰랐나요?"

경수는 할 말을 찾지 못한다. 안마당의 빨랫줄에 빨래가 걸려있었다는 사실도 김 경사와 집 주인이 술친구라는 사실도 금시초문이다. 피의자 심문 때에도 이영달은 여자 팬티는 모르는 일이라고 잡아떼었었다.

"피의자 이영달이 술만 취하면 여자 팬티를 훔치는 수집증이 있다는 것도 몰랐나요?"

지숙이 또 다른 질문을 한다. 경수는 어의가 없다. 깡패 짓이나 하고 다닌 놈에게 계집애 같은 수집증이 있단 말인가. 고등학교 일 년 선배지만 노는 물이 다른 놈이었다. 이영달은 후배들이나 등쳐먹는 놈이지만 경수는 교내에서 알아주는 의리파였다. 고등학교 때는 선배라고 연례행사처럼 치르는 몽둥이찜질을 당했지만 학교를 졸업하고는 그럴 이유가 없었다. 용케도 서로 부딪치지는 않았지만 고등학교 때를 생각하면 단단히 보복을 해주고 싶은 놈이었다.

"내가 아는 바로는 전에도 한두 번 그런 사건이 있었던 것 같던데요. 그때는 한 마을이고 피해자가 문제를 제기하지 않아 그냥 넘어갔지만, 아마도 그래서 마을에서 쫓겨나다시피 시내로 나온 것 같던데요."

십여 년이나 고향을 떠나 있던 지숙이 시시콜콜 경수보다 더 잘 알고 있다는 듯이 말한다. 경수는 의아하다. 이영달이 철제가공 공장에 취직이 되어 시내로 나온 줄로 알고 있다. 경수는 경찰서로 찾아왔던 이영달의 형수를 떠올린다. 화장을 짙게 하고 입술을 빨갛게 물들이고 왔던 여자다. 몸매도 시골 여자답지 않게 날씬했고 말도 조리있게 잘했다. 바닷가 마을에서 살아서 그런지 성격이 활달한 여자였다. 지숙이 축하 잔치 때에도 먼 길을 마다 않고 찾아와 몸을 아끼지 않고 거들었다. 지숙이 고모네 옆집에 산다는 여자였다.

이영달도 네가 나를 어쩌겠냐는 태도였었다. 마치 후배를 다루듯이 여유를 부렸다. 회사에서 퇴근하면서 마음에 맞는 동료들과 1차에서 2차까지 술을 마시고 집으로 가던 중에 대문이 열려있는 집이 자기 집인 줄 알고 들어갔다는 것이었다. 아수라장이 된 방안의 사진을 내밀자 모르는 것이라고 잡아떼었다. 사진에는 옷장 문과 화장대와 옷장 서랍이 모두 열려있고 그곳에서 나온 물건들로 방안이 어지러웠다. 호주머니에 들어 있던 여자 팬티도 왜 호주머니에 들어 있었는지 모른다고 잡아뗐다. 경수는 피해자가 작성한 고발장을 들이댔다. 여자가 한밤중에 깜짝 놀라 벌떡 일어나 보니 시커먼 사람이 방안을 뒤지고 있었고, 화장대와 옷장 물건들이 방안에 엉망이 되어 있었다는 것이다. 여자가 놀라 소리치자 시커먼 사람이 도망쳐 나갔고 마침 택시 일을 마치고 들어오던 남편과 안마당에서 부딪쳐 몸싸움을 벌였다는 것이다. 이영달은 집주인 남자와 몸싸움을 했다는 사실은 시인했다. 그러나 방에 들어간 것은 얼토당토않은 일이라고 주장했다. 단지 술이 너무 취해 실수로 남의 집에 들어갔고, 안마당에서 집주인 남자를 만났을 뿐이라는 말만 되풀이 했다. 네가 이럴 줄 몰랐다. 검찰로 넘어가면 가만히 있지 않겠다. 폭언을 하며 책상을 주먹으로 치고 난동을 부렸다.

"그건 잘못된 정보일 것입니다. 이영달 같은 사람에게 그런 병증이 있을 리는 없습니다."

경수가 자신 있게 반박한다. 이영달이라면 훤히 알고 있기 때문이다. 경수는 송치서류에 적시 되지 않은 수사과정과 이영달에 대해 설명할 필요가 있다고 생각한다.

"이제 됐습니다. 오라버님!"

지숙이 서류를 덮으며 말한다. 심문을 끝내겠다는 것이다. 경수는 지숙을 바라본다. 지숙의 눈빛에 '나는 너를 잘 알고 있다.'는 생각이 들어있는 것 같다.

"우리가 다시 수사할 것입니다."

지숙이 자리에서 일어난다. 경수는 자리에서 머뭇거린다. 재조사 요구를 달아 송치서류를 되돌려 보낼 수도 있을 것이다. 그런데 강력 사건도 아닌 단순 절도 사건을 검사가 직접 조사하겠다는 것이다. 징계를 먹을지도 모른다. 경수는 지숙이 옛날 일로 앙심을 품고 있다는 생각을 떨칠 수가 없다. 그래 네 마음대로 해봐라. 수사해봐야 탄원서가 거짓이라는 것 외에 더 이상 나올 것이 없을 테니까. 경수도 자리를 박차고 일어난다. 지숙이 자리에서 일어나 경수를 문까지 배웅한다.

"이번 추석에 할머니를 뵈러 가겠습니다. 오라버님."

지숙이 문을 나서는 경수에게 부드럽게 말한다. 그러나 경수는 뒤도 돌아보지 않는다. 밖에는 햇볕이 따갑게 내려쬐고 있다.

가을 하늘이 파랗고 높다. 넓은 들판에서 불어오는 바람도 시원하다. 들판을 가로지르는 아스팔트 양쪽에서 멀리까지 여물어가는 벼이삭들이 황금물결을 이루고 있다. 경수는 아스팔트 도로를 걷고 있는 지숙이 들판과 어울려 한 폭의 그림 같다고 생각한다. 챙 넓은 노란 모자를 쓰고 하얀 원피스에 하늘색 재킷을 걸쳐 입은 지숙이다. 경수는 지숙에게서 서너 발자국 뒤떨어져 걷는다.

"오라버니! 어서 와요. 왜 그렇게 걸음이 느려요?"

지숙이 뒤를 보며 경수를 재촉한다. 경수는 오라버니라고 부르는 지숙의 말이 어색하게 들린다. 검사실에서도 그랬었다. 친근감보다는 왠지 모르게 마음을 옭아매는 말 같았다. 경수는 마지못해 지숙이 곁으로 간다. 그러나 얼마 가지 않아 또 다시 뒤처지곤 한다. 지숙이 걸음을 멈추고 돌아서 경수를 본다. 햇빛 속에 걸어오는 경수가 늠름하게 보인다. 백칠십오쯤 되어 보이는 균형 잡힌 몸매에 얼굴에는 아직도 귀티가 남아있다. 자신을 무던히 괴롭혔지만 그래도 속으로 좋아했던 경수다.

"괜히 따라왔나 보지요? 나 혼자 가도 되는데."

지숙이 옆으로 다가온 경수에게 속에 없는 말을 한다. 경수가 든든한 보호자 같기 때문이다.

"그러게. 불편하지 않아?"

경수가 말을 낮춘다. 둘이만 호젓하게 걷는 것이 어색하기 때문이다. 지숙이 할머니에게 왔을 때도 말을 섞지 않았던 경수다. 지숙은 할머니와 어머니하고만 이야기했다. 경수는 지숙이 있는 안방에는 들어가지도 않았다.

"아니요. 오히려 함께 들판 길을 걷고 있으니 좋은데요."

지숙이 웃으며 말한다. 경수는 흘끔 지숙을 본다. 할머니가 동행하라고 재촉할 때도 경수는 시내에 볼 일이 있다고 뒤로 물러섰지만 지숙은 혼자 가도 된다고 사양하지 않았다. 지숙이 시골에 온 김에 들판 끝 바닷가 마을에 사는 고모 집에도 인사를 가야겠다고 일어설 때였다. 할머니는 네가 함께 갔다 오라고 경수의 등을 떠밀었다. 다 큰 처녀를 혼자 가게 할 수 있냐며 든든한 오빠가 말동무도 하라고 재촉했다. 데이트라도 하라는 듯이 경수에게 눈까지 찡끗했다. 어떻게 좀 해보라고 보내는 신호 같았다. 팔십이 넘었어도 정신이 쨍쨍해서 집안일이며 마을일까지 참견하는 할머니였다. 경수는 마음이 내키지 않았지만 지숙은 아무 말 없이 앞장섰었다.

"오라버니! 그때 일 생각나요?"

지숙이 어색한 분위기를 바꾸기라도 하려는 듯이 묻는다.

"느닷없이 언제 적 일을?"

경수는 가슴이 철렁한다. 살구나무 아래 사건이 떠올랐기 때문이다.

"오빠는 개구쟁이 적 장난이었으니까."

지숙이 아무렇지도 않게 말한다. 경수는 마음이 놓인다. 살구나무 아래의 사건이라면 지숙도 미안하고 부끄럽기도 할 것인데 그렇지도 않은 것 같기 때문이다. 호칭도 오빠로 변했다.

"초등학교 오학년 때였어. 학교에서 오는 길에 오빠가 뱀 새끼를 잡아 내 책가방에 넣고 달아났었지. 여자 애들끼리 걷고 있었는데."

"언제? 그런 일이…… 나는 모르겠는데."

경수가 잡아뗀다. 지숙에게 짓궂은 짓을 많이 했었지만 그 일만은 생각이 나지 않는다. 말을 듣고 보니 끔찍한 일이다.

"원래 장난친 사람은 잊어버리고 당한 사람만 기억에 남는 법이지요."

"……"

경수는 어떻게 말해야 좋을지 모른다. 어렸을 때 일이지만 무안하기 짝이 없다. 이런 일이 있을까 싶어 함께 오고 싶지 않았었다. 할머니의 괜한 욕심 때문에 그렇지 않아도 불편한 사이가 더욱 틀어지게 되었다.

"미안해 할 필요 없어요. 오빠. 생각해보면 내게는 아주 고마운 약이었으니까요."

지숙이 의외의 말을 한다.

"고마운 약이었다고?"

경수는 알 수가 없다. 업신여김과 괴롭힘을 당한 것을 약이라고 생각하다니 말이다.

"나는 중학교에 다니고 고등학교에 다니면서 늘 그렇게 생각했어요."

지숙이 알 수 없는 말을 계속한다. 경수는 무엇을 그렇게 생각했다는 것인지 알 수 없다.

"무슨 생각을 그렇게 했는데?"

경수가 조심스럽게 묻는다. 아카시아 숲에서 팬티를 벗겨 내리던 일까지 다 기억하고 있을 것 같기 때문이다.

"뭐, 그냥. 나 혼자 생각이었지요."

지숙은 경수에게 자신의 속내를 다 말할 수 없다. 사람 사는 것이 서로가 영향을 주고받는 것이고, 그로 인해 삶의 목표가 생기고, 목표를 향해 정진할 오기가 생겼다는 것을 경수에게 말할 수 없다. 아무도 없는 집에서 서럽게 울면서 다짐했었다. 아마도 그렇지 않았다면 중학교도 못 간 채 시골 농사꾼이나 노동자에게 일찍 시집이나 갔을 것이다. 오빠들이 그랬던 것처럼, 아버지나 어머니는 더구나 계집애를 대학까지 보낸다는 것은 꿈도 꾸지 않았을 것이다.

"혼자 생각했다니?"

경수는 궁금하다.

"죽어라고 공부했다는 이야기지요. 이래저래 고맙기도 했고요."

지숙은 아버지 어머니를 거두어준 할아버지며 돈을 대준 할머니까지 생각하면 모두가 다 고마울 뿐이다. 경수는 그래서 그랬구나 하는 생각이 든다. 초등학교 저학년 때까지는 경수가 앞서갔었다. 지숙은 꾀죄죄한 몰골에 공부도 못하는 아이였었다. 그러던 지숙이 언제 어떻게 치고 올라왔는지 경수는 몰랐다. 중학생이 되면서 지숙은 다른 아이가 되어 있었고 경수는 그런 지숙을 보며 심사가 더욱 뒤틀렸었다. 할머니와 어머니에게 지숙과 비교당할 때는 더욱 더 괴롭히고 싶었다.

"또 뒤처지는 거예요?"

지숙이 뒤돌아보며 웃는다. 웃고 있는 지숙의 얼굴에 '어린 시절의 일들은 좋은 추억으로 간직하고 있습니다.'라고 씌어 있는 것 같다. 운명의 벽을 넘어 성공했다는 표정 같기도 하다. '나는 이 모양 이 꼴이 되었는데. 지숙이 아니었다면 말단 경찰이 아닌 다른 사람이 되어 있었을 것을. 대학에도 가고.' 아마도 그랬을 것이라고 경수는 생각한다.

"사이코패스 성향이 있는 사람이 있지요."

지숙이 경수를 돌아보며 말을 한다. 경수는 지숙이 무슨 말을 하려는지 알 수 없었다.

"평소에는 정상적인 모습을 보이지만 충동적으로 남을 해치고 죄의식이나 양심의 가책을 전혀 느끼지 않는 사람들 말이지요."

경수는 가슴이 뜨끔 한다. 자신을 두고 하는 말 같다.

"왜? 그런 말을……."

경수는 지숙의 의중을 알 수 없다.

"그런 사람들이 주로 사회적인 문제를 일으키지요. 자신의 욕구를 해결하기 위해 범죄를 저지르거나 타인을 희생시키고는 속임수를 쓰거나 거짓말을 하고."

"……?"

경수는 경찰시험을 준비할 때 사이코패스에 대해 공부했던 생각이 떠오른다. 그런데 왜 뜬금없이 사이코패스인가.

"이번 절도사건 말이지요."

"그러면 이영달이……?"

경수가 급히 묻는다.

"그렇게 생각되지 않아요? 이영달의 성향이."

경수는 지숙의 질문에 안도한다. 생각해보니 취조실에서 오만하고 과장된 태도며 증거를 들이대도 눈 하나 깜짝하지 않고 둘러대는 거짓말, 거기다 경찰에게 폭행을 당했다고 뒤집어씌우는 야비한 조작까지 사이코패스 같기도 하다.

"그래서 말인데요. 사이코패스에 대해 연구를 해봐요. 송치서류를 돌려보낼 터이니."

경수는 그제야 지숙의 의중을 알아차린다. 가을바람이 시원하고 마음이 후련해진다. 도로 가에 개망초꽃들이 바람에 흔들리고 있다. 가을 햇살을 받아 활짝 핀 꽃들이 싱싱하다. 농부들이 아무리 업신여기고 쳐내도 그 자리에서 다시 자라나 아름다운 꽃을 피우는 개망초다. 마을로 들어가는 둑길로 접어들자 더 많은 개망초꽃들이 무리지어 있다.

"어머나! 이게 무슨 꽃이야?"

지숙이 꽃들을 보고 환호한다. 자동차 한 대가 겨우 다닐 수 있는 둑길 양편으로 꽃들이 줄지어 있다.

"이 꽃을 모른다고?"

경수가 묻는다.

"많이 본 것 같기는 한데……."

"집 주변에도 많이 피어있던 꽃이잖아."

"아! 쑥부쟁이 꽃."

지숙이 그제야 생각났다는 듯이 소리친다.

"아니지. 개망초꽃이지."

경수가 꽃 이름을 정정해준다.

"쑥부쟁이 꽃이지요."

지숙이 지지 않고 주장한다. 확실하게 떠오르는 생각이 있기 때문이다. 여름에서 가을까지 집 주변으로, 심지어 창문 밑까지 피어 있던 꽃이다. 지숙이 한 아름 꺾어 들고 간 꽃을 받아들은 담임선생님이 쑥부쟁이 꽃이라고 했다. 꽃이 참 예쁘다고 화병에 꽂아 교탁에 놓았었다. 초등학교 6학년 때였다. 꽃은 오래도록 싱싱하게 피어 있었다. 그 꽃들이 둑길을 따라 연보라 또는 하얀색으로 무리지어 가을바람에 흔들리고 있다.

"아! 아! 쑥부쟁이 꽃."

지숙이 꽃무리 사이로 나비가 날아가 듯 걸어간다. 지숙의 고모집이 멀지 않다. 경수는 그곳에서 발을 멈춘다. '사이코패스! 너에게도 그런 성향이 있지.' 날아가는 노랑나비가 말하는 것 같다.

그림 그리는 여자

기억은 화면으로 눈을 돌린다.
움직이는 사람들이 애틋하다.
생각에 생각이 꼬리를 문다.
아내는 왜 말없이 사라졌을까?

전시실 커다란 벽에서 마치 영화 화면처럼 움직이고 있는 영상에 기억은 깜짝 놀란다. 아시아현대미술전시회에 왔기 때문이다. 혹시나 아내의 그림이 걸려 있지 않을까 싶어서였다. 만일 아내의 그림이 있다면 자신이 없었던 요즈음 아내의 심정을 엿볼 수 있지 않을까, 그래서 자신이 모르는 단서라도 잡아낼 수 있을까, 하는 생각이었다. 그림에는 그린 사람의 혼이 들어 있다고 한다. 아내가 한 말이다. 흔적도 없이 사라진 아내다. 언제 어떻게 어디로 사라진지 모른다. 집에 오니 모든 것은 일 년 전 그대로였다. 아내만 보이지 않았다.

벽면의 커다란 화면이 그림 속 이야기를 전개되고 있다. 30호 또는 40호의 그림들은 화면 한쪽 구석에 걸려있다. 디지털 기술로 그림 속 이야기를 화면에 재현하고 있다고 한다. 마치 상상이나 환상의 세계처럼. 기억은 화면 속에서 나오는 잡다한 소리들로 시끄러운 전시실을 돌아다니며 아내의 그림을 찾아보았다. 하지만 어느 곳에도 보이지 않는다. 전시실은 다섯 개의 커다란 방으로 구획되어 있고 각 방마다 네 개의 벽면에 그림의 이야기가 전개되고 그것을 보는 사람들로 북적이고 있다.

기억은 그들 중에 하나의 그림 앞에 고정한다. 화면 속 사람들의 이야기가 핍진하다. 멀리 있는 항구 풍경이 어디선가 본 것 같기도 하다. 그림은 삶의 흔적이고 추억의 원형이며 환상의 현실화라고 했다. 그림의 구성이 복잡한 만큼 벽면에 전개되고 있는 이야기도 현실 속의 이야기 같다. 화면 앞에 사람들이 한가득 몰려있다. 대부분이 연인이거나 젊은 부부 또는 친구 사이 아니면 어머니와 딸이거나 조잘거리는 학생들이다. 혼자인 사람은 기억뿐이다.

기억은 일주일 전에 국내에 들어와서야 아내가 사라진 것을 알았다. 전화를 잘 받던 아내였다. 이번에는 본사 근무를 시켜달라고 조르던지 아니면 다른 해운사의 본사 자리라도 알아보리라 마음먹고 들어온 참이었다. 아내가 그것을 원했다. '어미가 어디를 싸다니는지 너의 집에 오니 집이 비어 있더니만.'하며 어머니는 아내 여선을 원망했다. 어머니가 짝을 맞추어준 아내였다. 면장 집 딸이라고 했다. 미술대학을 졸업하고 읍내 중학교에서 임시교사를 하고 있지만 가정교육을 잘 받아 참하다고, 네가 돌아오기를 기다렸다고, 기억이 항해를 마치고 돌아오자 어머니가 서둘렀다. 할 수 없이 만난 아내는 괜찮아보였다. 얼굴과 몸매도 예뻐 보이고 무엇보다 얌전하고 차분해서 자신이 없는 집을 잘 지켜줄 것 같았다. 해양대학을 졸업하고 육 년여 바다로 나돌아 다닌 후였다. 인천에 작은 아파트를 얻어 신혼의 꿈을 키웠다. 아내는 미술교습소를 차리고 아이들을 가르치고 있었다. 현대미술 그룹에 가입하여 활동하고 있다고도 했다. 그렇게 이 년 반이었다. 어머니는 빨리 돌아와서 아이를 낳아야 어미도 마음 붙이고 집에 있을 것 아니냐고 또 성화를 부렸다. 철학관에 가보았더니 아들 하나는 점지되어 있다고도 했다. 아버지가 일찍 돌아가신 시골에서 아들 하나에 딸 셋을 키운 어머니였다.

화면 왼쪽 상단에 걸려 있는 그림에는 완만한 경사를 이루는 천변에 가지각색 꽃들이 무성하게 피어 있다. 천변 둑으로 한 줄로 늘어선 키 큰 미루나무들이 있고 미루나무들이 끝나는 지점에 판잣집들이 있다. 둑길을 따라 더 나아가면 멀리 큰 마을이 보이고 언덕 위 성당의 십자가가 높이 솟아 있다. 반대편으로 천변의 둑길을 나와 도로를 따라가면 시장이 있고 시장을 지나가면 항구가 있다. 항구에는 큰 배들도 보이고 광장에 관광버스인 듯 가지각색의 차들이 줄서 있다. 광장 뒤편으로 푸른 숲속에 붉은 집들도 보인다. 잘 짜인 구도와 원근법이 살아 있는 그림은 화가 피터 브뤼겔이 그린 '베들레헴의 인구 조사'보다 더욱 복잡하고 정교하다.

기억은 화면으로 눈을 돌린다. 움직이는 사람들이 애틋하다. 생각에 생각이 꼬리를 문다. 아내는 왜 말없이 사라졌을까? 무슨 피치 못할 사정이라도 있었던 것일까? 결혼하고 이 년여, 그 사이 대부분을 바다에서 살았지만 그래도 아내를 믿었다. 중매에 갑자기 한 결혼이지만 어머니 말대로 규모 있는 집안에서 정숙하게 자란 아내였다. 귀국해서 보면 집안을 정갈하게 잘 꾸며 놓았고 함께 지낼 때도 앞날의 꿈을 이야기하며 행복해 했었다. 그런데 그 행복을 혼자 지키기가 힘이 들었을까. 화면 속 여자 마리아만큼이나.

화면 속 마리아가 자는 듯이 누워 있다. 낡은 판자로 벽을 붙인 2층 방이다. 땅에 기둥을 박아 지은 1층은 휑하니 튀어 있고 한쪽에 주방이 있는 것 같다. 아침 해는 중천에 떠 있고 하늘에는 흰 구름 몇 점만 떠다니고 있다. 마리아 옆에 여덟 살쯤 되어 보이는 여자아이가 앉아 있다. 마리아가 겨우 눈을 뜨고 여자 아이에게 '메리야! 이리 바짝 오거라.'하며 힘없는 목소리로 말한다. 메리가 몸을 굽혀 마리아의 입술 가까이에 귀를 댄다. 그리고는 몸을 일으켜 옆에서 자고 있는 남자아이를 '코리. 일어나. 코리 일어나!'하며 급히 깨운다. 코리가 벌떡 일어나 어리둥절한 눈으로 엄마를 본다. 아홉 살쯤 되어 보이는 아이다. 코리는 엄마가 깨운 것이라고 생각한다. 오늘이 일요일이라는 생각이 번쩍 들기 때문이다. 그러나 엄마는 바로 옆에서 자고 있다. 동생 메리가 엄마 곁에서 눈물을 훌쩍이고 있다. 왜 울고 있는지 알 수 없다. 엄마도 이상하다. 성당에 갈 준비를 해야 하는데 자고 있다. 해가 하늘 위에 올라와 있는데, 둑길을 따라 성당이 있는 마을까지 가려면 시간이 꽤 걸리는데…… 코리가 허둥댄다.

"빨리 가서 아리 형을 데려와!"

메리가 오른 손 중지를 치켜세우고는 빠르게 왼손을 펴 오른 손을 가슴 쪽으로 잡아당긴다. 수화 내용은 화면 하단에 글씨로 표시되고 있다. 코리는 왜 그러는지 물어보고 싶지만 동생이 바로 엄마에게로 돌아앉아 수화를 할 수 없다. 자는 것 같던 엄마가 무슨 말을 하는지 동생이 엄마 입술에 귀를 바짝 댄다. 그리고는 벌떡 일어나 다락에서 둘둘 말린 종이 뭉치를 꺼내온다. 펼쳐 놓는 표면에 유화물감으로 그리고 있는 그림이 있다.

"엄마! 왜 그래?"

코리가 엄마의 몸을 흔든다. 엄마가 일어나려고 애쓰지만 몸이 말을 듣지 않는 모양이다.

"빨리 항구에 가서 형을 데려오라니까!"

메리가 아직도 그 자리에 앉아 있는 코리에게 손과 손가락들을 빠르게 움직인다. 코리가 비실비실 일어난다. 동생이 무서운 모양이다. 누가 보아도 오빠 동생 같은데 메리는 하얀 피부와 파란 눈에 노랑머리다. 몸매도 귀엽고 눈도 크고 예쁜 얼굴이다. 하지만 코리는 검은 머리 황색 피부에 코도 낮고 눈도 작은 얼굴이다.

밖은 화창하다. 둑길 비탈에는 꽃들이 저마다의 색깔을 자랑하고 있다. 나비들이 팔랑거리며 꽃들 사이를 날아다닌다. 코리는 둑길을 부지런히 걷는다. 꽃 무더기 속에서 여자 아이가 불쑥 일어나 코리를 놀라게 한다.

"아이고 깜짝이야! 안나! 너 벌써 나왔구나?"

코리가 우뚝 서서 수화를 한다.

"너 어디를 그렇게 급히 가는데?"

안나도 손을 움직여 받아친다.

"형에게."

코리가 양쪽 손 중지를 세우고 한쪽 손 중지를 위로 올리고는 돌아서 뛴다. 둑길을 가로지르는 큰 도로에 각종 차들이 바람을 일으키며 달리고 있다. 코리는 빠르게 달리는 자동차들이 두렵다. 삼륜차와 자전거를 탄 사람들이 자동차와 뒤섞여 지나간다. 닭, 오리, 돼지들을 잔득 실은 차들도 있다. 자전거를 타고 가는 사람이 길을 비키라고 따르릉거린다. 코리가 둥치 굵은 가로수 옆으로 비켜선다. 겁먹은 얼굴이다.

코리가 불쌍해 보인다. 마리아에게 무슨 일이 있는 것일까? 먼 나라의 모르는 사람들 이야기다. 비록 그림 속 이야기지만 현실 속의 이야기 같다. 마리아는 아내와 닮은 모습 같기도 하다. 그런데 아내는……? 기억은 아내를 떠올린다. 항해 중에도 보고 싶을 때가 많아 사진을 꺼내보곤 하던 아내였다. 항구에 마중 나와 있을 줄 알았다. 전에 그랬던 것처럼. 그런데 전화도 받지 않았다. 기억은 바쁜 일이 있겠지 생각했다. 남편이 귀국한다니까 집안 청소도 하고 맛있는 음식도 장만하느라고. 본사로 오는 중일지도 모른다는 생각도 들었다. 배가 들어오는 시간이 정확하지 않으니까.

코리가 부지런히 걷고 있다. 도로가에 늙은 여자들이 플라스틱 물통 위에 생선좌판을 올려놓고 팔고 있다. 과일가게에는 파인애플 망고 파파야 두리안 같은 과일들이 수북이 쌓여 있고 바나나가 주렁주렁 매달려 있다. 코리가 과일가게 앞에서 꼼짝하지 않고 서있다.

화면이 갑자기 바뀌면서 시장 근처의 길가 작은 상자에 네 살이나 다섯 살쯤 되어 보이는 아이가 앉아 있다. 형인 듯이 보이는 아이가 '코리야! 꼼짝 말고 거기 앉아 있어.'하고 어딘가로 간다. 코리는 무서움도 모르는 채 시장 앞으로 뻗어나간 도로를 집요하게 바라보고 있다. 시장의 상점들은 문을 닫은 지 오래인 듯 가로등 불빛만 희미하다. 밤하늘에는 별빛들이 수도 없이 박혀 있고 은하수의 넓고 긴 별빛 무리가 강물처럼 흘러가고 있다. 코리가 은하수 강물이 머리 위로 떨어질까 겁이 난 얼굴로 하늘을 올려다본다. 형 아리가 시장 쪽에서 빠른 걸음으로 다가온다. 아홉 살쯤 되어 보이는 형 아리의 손에는 바나나와 망고가 들려 있다. 코리는 형이 어디서 가져온 것인지 모른다. 둘은 버려진 나무상자에 앉아 바나나와 망고를 먹으며 한없이 기다린다.

드디어 어둠이 걷히고 시장 건너 항구가 있는 쪽에서 희끄무레하게 밝음이 찾아올 때쯤 여자들이 오는 것이 보인다. 코리가 자리에서 벌떡 일어난다. 엄마가 새벽빛을 받으며 오기 때문이다. 어딘지도 모를 곳에서 오는 엄마다. 나비의 날개처럼 하얀 옷을 날리며 오고 있다. 여명을 등지고 옷자락을 날리며 오는 엄마가 천변의 꽃들 위를 날아다니는 꼬리명주나비 같다. 안나가 알려준 나비 이름이다. 천변의 꽃밭에서 놀 때면 안나는 날아다니는 나비 이름을 손바닥에 적어주었다. 엄마가 다가와 코리를 꼭 끌어 안아준다. 엄마의 품에서 꽃향기 같은 냄새가 난다. 코리는 엄마가 좋다. 나비 같은 엄마와 함께 집으로 와서 아침 늦게까지 잠을 자는 것이 좋았다.

천변에 꽃들이 흐드러지게 피어 있다. 물이 흐르는 곳까지 완만하게 내려간 비탈에 붉은 꽃 노란 꽃 하얗고 푸른 꽃들이 바람에 한들한들 춤을 추고 있다. 가지각색의 크고 작은 나비들도 날아다닌다. 참으로 아름다운 풍경이다. 꽃무리 속에서 코리와 안나가 화관을 만들고 있다. 코리가 주변에서 가지각색의 꽃을 꺾어와 '안나야. 화관을 멋있게 만들어줘야 해.'하고 수화로 주문한다. 안나가 가끔씩 코리의 머리에 화관을 씌워보며 깔깔거리며 웃기도 한다. 안나와 코리는 같은 나이인 듯하다. 머리 색깔도 얼굴 색깔도 닮아 있다. 나비들이 화관 주위로 날아든다. 꺾인 꽃들이 이리저리 춤을 추니 꿀 냄새가 더욱 진하게 나는 모양이다. 안나가 날아드는 나비를 보며 코리의 손바닥에 자신의 손가락으로 꾹꾹 눌러 이름을 써준다. 청색 날개 끝에 검은 띠를 두른 청색제비나비, 하얀 날개에 연갈색 무늬가 있는 풀흰나비, 연분홍 날개의 모시나비, 노란 날개에 검은 띠를 두른 호랑나비, 파란색과 노란색과 갈색 날개에 하얀 점들이 박혀있는 왕오색 나비. 안나가 나비 이름을 써주면서 자기 손바닥과 코리의 손바닥을 비교해본다. 코리의 손바닥과 색깔도 모양도 닮아 있다. 그러고 보니 까만 머리칼과 얼굴 생김새와 색깔도 자신과 닮았다는 생각이 든다.

"너는 나하고 닮았어."

안나가 나비 이름 대신에 엉뚱한 글씨를 써준다.

"그래? 그렇구나."

코리도 안나의 손바닥에 써준다.

"우리 아버지는 바다 건너 나라에 있대. 그곳에 가면 먹을 것도 많고 예쁜 옷들도 많고 구경할 것도 많다는 거야. 너의 아버지도 우리 아버지하고 같은 나라에 있을지 몰라. 너와 내가 닮은 것을 보면 말이야. 우리 그곳으로 아버지를 찾아가볼까?"

안나가 코리의 손바닥에 빠르게 써나간다. 코리는 안나가 써나가는 말이 너무나 엉뚱해서 알아들을 수 없다.

"우리 아빠는 하늘나라에 있는데."

이번에는 코리가 엄마에게서 들은 이야기를 써준다. 천주님이 있는 하늘나라에 있다고. 아리 형도 메리 동생도 그렇게 알고 있다.

"그건 느네 엄마가 거짓말을 한 거야."

안나가 글자 하나하나를 쓰기가 답답한지 오른 손 검지로 코 옆을 스친 후 새끼손가락을 내밀고 다시 오른 손 검지를 구부려 뺨을 두드린다.

"아니야. 엄마는 거짓말을 안 해."

코리도 손가락과 팔을 완강하게 움직여 수화한다.

"너는 그 말을 믿는 거야?"

"그렇다니까."

코리는 자신 있게 오른 손을 세워 턱 중앙에 댄다. 엄마를 절대적으로 믿기 때문이다.

"너의 아빠는 다른 나라에 있는 거야. 이 바보야."

안나가 다시 코리의 손을 잡아 글씨를 쓰기 시작한다. 글씨는 한 자 한자 또박 또박 코리의 손바닥에 박힌다.

"배를 타고 가면 돼. 너 큰 배들이 들어오는 항구 알지? 너의 형이 일한다는 곳 말이야. 그곳에서 사람들이 타고 오는 큰 배를 몰래 타면 아버지 나라에 갈 수 있어."

코리는 손바닥에 박히는 글씨들을 보며 가슴이 뛴다.

"큰 배를 타고 가면 아버지를 만날 수 있다고?"

"그렇다니까."

코리가 벌떡 일어나 집으로 달려간다. 다리가 휘청거리며 넘어질 것 같다. 길가의 꽃들이 빨리 가라고 응원하는 듯이 머리를 흔들고 있다. 방에서 그림을 그리고 있는 마리아가 헐레벌떡 들어오는 코리를 보고 깜짝 놀란다.

"아버지가 바다 건너 나라에 있데. 보고 싶어. 아버지에게 데려다줘."

코리가 엄마에게 능숙하게 수화로 말한다. 배를 타고 가면 만날 수 있다고, 안나가 그렇게 말하더라고. 마리아가 깜짝 놀란다.

"안나가 그랬다고? 너는 안나와 달라. 다시는 그런 애하고 놀지 마!"

마리아가 회초리로 따끔하게 때리듯이 손과 팔을 매섭게 돌린다. 그리고는 냉큼 일어나 곧바로 밖으로 나간다. 마침 집에서 나오던 안나 엄마가 벌겋게 달아오른 코리 엄마를 보고 깜짝 놀란다. 그러거나 말거나 마리아가 대뜸 안나 엄마에게 달려들어 머리채를 휘어잡고 흔들며 소리친다. 애들 아버지가 세상 어디에 있느냐고. 새끼들 교육 똑바로 시키라고. 몸집이 큰 안나 엄마는 들소처럼 식식거리다 바닥에 쓰러진다. 코리는 엄마가 싸우는 것을 처음 본다. 엄마가 마치 TV에서 보았던 표범 같다. 마리아는 안나 엄마가 엉엉 울고 사람들이 몰려올 때에야 깔고 앉아 있던 안나 엄마에게서 떨어진다. 코리는 나비 같은 엄마가 어떻게 하마 같은 안나 엄마를 이길 수 있는지 알 수 없다. 마리아가 치마를 툭툭 털고 코리의 손을 잡고 집으로 돌아간다.

기억은 생각이 복잡하게 얽힌다. 아내를 찾아야 하는데 왜 여기서 이러고 있는지 모른다. 아내도 어딘가에서 마리아처럼 집에 오려고 안간힘을 쓰고 있을지 모를 일이다. 그런데 왜 화면에 붙잡혀 꼼짝을 못하고 있는지 알 수 없다. 마치 화면 속에 들어가 있는 것처럼. 화면 속에서 아내를 찾기라도 할 것처럼. 마리아와 아내가 겹쳐 보인다. 마리아는 몸과 얼굴은 물론 마음까지도 예뻐 보인다. 아내도 예쁘고 정숙했다. 결혼하고 이 년여 동안 함께한지는 한 달이 안 되지만 그래서 속속들이는 모르지만 그래도 마음이 곧고 현명했다. 남편과 가정을 버릴 여자가 아니다. 시골집에도 연락하고 처갓집에서도 줄이 닿는 데까지 찾아보았다. 서울에 사는 처제도 적극 나섰다. 미술교실 학생들은 선생이 없어진 줄 모르고 있었다. 어머니도 올라오고 동생들도 왔었다. 현대미술 그룹에도 아내의 친구들에게도 모두 연락해보았다. 경찰에서는 아직도 연락이 없다. 빽빽하게 둘러서 있는 사람들이 웅성거린다. 부조리하고 불행한 마리아 가족이 의심쩍고 동정이 가는 모양이다.

코리가 아직도 과일가게 앞에서 서성이고 있다. 주렁주렁 매달려 있는 달콤한 바나나가 먹고 싶은 모양이다. 주인이 나와 물러가라고 손사래 친다.

“얘야! 네가 여기는 어쩐 일이냐?”

과일가게 옆에 있는 생선가게에서 나온 아줌마가 코리의 팔을 잡아챈다. 코리는 아줌마를 기억한다. 밤거리에서 엄마를 기다릴 때면 엄마하고 함께 왔었고 집에도 가끔씩 오던 안젤로 아줌마다. 코리는 아줌마가 반갑다.

“어디를 가는 거냐?”

안젤로가 서투르게 수화를 한다. 그러나 코리는 금방 알아듣는다.

“형! 형을 데리러 가요.”

코리가 또박또박 수화를 한다.

"왜? 엄마가 아픈 거야?"

안젤로는 금방 알아차린다.

"몰라. 엄마가 이상해. 꼼짝도 못해. 메리가 빨리 형을 데려오라고 했어."

코리가 빠르게 수화를 한다.

"엄마가 많이 아픈 모양이구나."

안젤로는 코리의 수화를 다 알아낼 수 없지만 짐작은 할 수는 있다. 마리아가 아픈 것을 알고 있기 때문이다. 요즘 들어 마리아가 부쩍 아프다고 했다. 어떤 때는 어지럽다고 했고, 어떤 때는 하얗게 질리며 쓰러지려고도 했다. 메리가 빨리 형을 데려오라고 코리까지 보낸 것을 보면 심각한 상황인 것 같다.

"배고프지?"

안젤로가 오른손 손가락들을 C자로 구부려 배에 대고 묻는 표정을 짓는다. 코리가 머리를 끄덕인다.

"여기에 있거라. 내가 먹을 것을 사다 줄게."

안젤로가 오른 손 검지로 땅을 향해 찍고 왼손 손바닥을 펴 오른 손으로 음식을 입으로 가져가는 시늉을 하고 손가락으로 저만치 앞을 가리킨다. 코리는 배고프지만 마음이 급하다. 어디로 간지 모를 안젤로 아줌마가 오지 않는다. 코리가 동동거리며 한참을 기다리다 돌아서 뛰기 시작한다. 자전거를 타고 가는 사람들을 앞질러 간다. 코리가 식식거리며 뛴다. 자전거를 탄 사람들이 따르릉거리며 코리에게 겁을 준다. 코리는 뒤돌아보지 않는다. 코리가 푸 푸 숨을 몰아쉬며 달린다. 엄마는 아프다고 한 적이 없다. 두 배나 큰 안나 어머니도 이겼다. 어제는 온가족이 큰 도시로 나가 나비공원도 구경하고 맛있는 것도 사먹었다. 코리는 옆으로 지나가는 삼륜차에 뒤떨어지기 시작한다. 삼륜차 뒤에 앉아 있는 사람들이 코리에게 빨리 뛰라고 손을 흔들며 놀린다. 코리가 헉헉거리며 뛴다. 곧 쓰러질 것 같다. 그래도 쉬지 않고 달린다.

화면을 바라보고 있는 아이들이 박수를 치며 응원한다. '코리야 힘내라! 코리야 뛰어라 뛰어!' 기억도 아이들과 같은 마음이다. 저러다 길바닥에 쓰러져 영영 못 일어나면 어쩌나 걱정이 된다. 사람들도 기억과 같은 마음인지 동정하는 분위기다. 말을 못하고 어리석어 보여도 정신만은 똑바로 박힌 아이다. 인간의 생각이란 대부분이 비슷하고 시공을 통해 연결되는지도 모른다. 기억은 아내와 생각이 연결되길 바란다. 이곳에서 빠져 나갈 수 없다고, 빨리 와서 구해 달라고. 사람에게는 번개처럼 떠오르는 생각과 예감이라는 것이 있다. 기억은 화면 속에서 번개처럼 튀어 나와 머릿속에 박히는 것들이 있을 것만 같아 자리를 뜨지 못한다.

마리아가 엎드려 그림을 그리고 있다. 메리의 부축을 받으며 힘겹게 색칠을 하고 있다. 그림은 오랜 동안 그려온 것인 듯 색감의 차이가 뚜렷하다. 어떤 곳은 덕지덕지 말라 퇴색되어가고 있고 어떤 곳은 선명하고 부드러운 색감을 유지하고 있다. 성당이 있는 큰 마을 위쪽, 푸른 숲이 있는 곳에 지어지는 2층 집이다. 숲도 제대로 칠해져 있지 않고 집도 완성되지 않았다. 칠하다 말은 파란 지붕이 돋보인다.

메리가 마리아의 떨리는 손을 붙잡고 숲의 녹색을 칠한다. 마리아의 몸을 지탱하고 있는 메리가 힘겹게 보인다. 마리아가 메리에게 손을 놓으라는 듯 뿌리치며 숨을 몰아쉰다. 그림은 거의 완성되어가고 있는 모습이다. 하얀 색 외벽에 물빛 창틀을 달았다. 아래와 위층에 네 개의 방을 배치했다, 거실도 크게 그렸다. 아리는 아래층 큰방에 그려 넣었다. 가족을 끌어안아야할 맏이다. 코리와 메리는 이층 방에 각각 그려 넣었다. 기쁨과 희망을 가지고 살아가게 해주고 싶었다.

마리아가 숨을 헐떡거리며 메리에게 다락에 숨겨둔 종이 뭉치를 가져오라고 손짓한다. 메리가 다락에 올라가 찾아온 종이 뭉치는 안젤로에게 돈을 빌려줄 때마다 받은 증서들이다. 기억은 그제야 시장에서 안젤로가 왜 코리를 붙잡아 두려 했는지 알 것 같다. 마리아가 아픈 몸에도 왜 그렇게 그림에 집중하는지도 알 것 같다. 평생의 소망이었을 것이다. 이심전심인지 모른다. 기억도 아리가 빨리 마리아에게 오기를 바란다. 몸으로 느껴지는 감정이 있다. 시공을 넘어 마리아에게 특별히 끌리는 것이다. 그때도 머릿속에 그림을 그리고 있다고 했었다. 화가냐고 물으니 아니라고 했다. 무슨 그림이냐고 물으니 그냥 아이들에게 물려줄 그림이라고 했다. 기억은 생각에 생각이 꼬리를 문다. 남자를 받아들일 때마다 머릿속에 그림을 그리고 있었을 것이다. 남자가 무슨 짓을 해도 상관하지 않았을 것이다. 마음의 문을 굳게 걸어 잠그고 정신을 집중해서 오직 그림만 그렸을 것이다. 그리고 일을 마치고 집에 가면 머릿속에 그렸던 그림을 넓은 종이에 옮겨 그렸을 것이다. 유화물감을 덧칠해 주변 풍경을 그리고 이층집의 기둥을 세우고 벽을 칠했을 것이다. 그랬을 것이다. 마리아 저 여자는…… 기억은 머릿속에서 살아나는 생각을 따라간다. 점점 생생하게 살아나는 것들이다. 코리도 그때 잉태되었을까? 어쩌다 씨가 착상되어 자라나는 생명, 천주님이 두려워 제거하지 못했을까? 기억은 몰려드는 생각에 가슴이 뭉클해진다.

동남아의 어느 항구였다. 십오만 톤급 화물선에서 화물을 하역하는데 삼일이 걸렸다. 항구에 정박하면 대부분 그랬던 것처럼 항구 주변을 산책하고 버스를 타고 시내 구경을 나갔었다. 해양대학을 나와 대형 선사에 입사해서 첫 출항했을 때였다. 그때 항해사 선배를 따라 저 붉은 하우스에 갔던 기억이 있다. 그때는 호기심 많은 신참이었고 면세점 옆 카페에서 먹은 술김에 용기를 냈을 것이다. 그래서 더욱 기억이 생생한지 모른다. 굳은 나무줄기에서 잎이 나고 꽃이 피는 것처럼. 바람이 불고 비가 내렸었다. 여자는 예쁘고 순진한 모습이었다. 수줍음 타는 것 같기도 했고 예의를 차리는 것 같기도 했다. 순간적이나마 사랑이 느껴졌었다. 여자도 그랬을까? 그래서 코리가 태어난 것일까? 술에 취해 함부로 쏟아냈었다. 기억은 머리를 흔든다. 그럴 리 없을 것이다. 그것은 상상과 현실의 차이다. 코리가 보이지 않는다.

마리아가 꽃을 색칠하기 시작한다. 메리가 마리아의 옆에 서서 한 손으로는 자꾸만 고꾸라지려는 마리아의 가슴을 힘겹게 끌어안고 한 손으로 붓을 든 손을 잡아 엄마의 생각을 따라가고 있다. 색칠이 잘 되지 않는다. 마리아는 자기 생각대로 움직여주지 않는 메리가 마음에 들지 않는지 잡힌 손을 멈추고 한숨을 쉰다. 메리는 엄마의 생각을 알 수 없다. 자꾸만 앞으로 쓰러지려는 엄마를 끌어안기도 힘이 든다. 마리아가 붉은 물감에 눈길을 준다. 정원에 코리가 좋아하는 장미꽃을 그려 넣어야 한다. 꽃잎들을 살려내기 어렵다. 거기다 많은 꽃송이들을 그려야 한다. 색깔이 뭉개지고 꽃송이가 커진다. 마리아가 손을 멈춘다. 도로와 접한 뒤쪽으로는 차고도 그려야 하고 차도 한 대 그려야 한다. 아리가 일을 다닐 때 차가 필요하기 때문이다.

아리는 마음이 넓고 정이 많다. 착하고 성실하다. 동생들을 다독여 감싸 안을 줄 안다. 특히나 코리를 잘 챙겨주었다. 코리가 마을 아이들에게 놀림 받지 않도록 돌봐주고 살아가는데 필요한 것들을 가르쳐주었다. 마리아는 마음이 든든했다. 아리를 가졌을 때의 기쁘고 설레던 마음도 잊히지 않는다. 마리아는 잉태를 확인하는 순간 가슴이 벅차고 마음이 설레었다. 한 생명을 잉태한다는 것이 그렇게 신비스러운 줄은 몰랐다. 늘 대비를 하고 일터에 나가므로 아이가 생기는 줄은 몰랐다. 어떻게 해서 아기가 잉태되었는지 알 수 없다. 천주님이 주신 선물이라는 생각이 들었다. 아리의 아버지도 알 것 같았다. 처음 맞이하는 검둥이여서 두려움이 있었지만 생각과 달리 순하고 부드러운 사람이었다. 여자를 다룰 줄도 알았다. 마리아는 그의 부드러운 공격에 자신도 모르게 무너졌었다.

코리도 기억이 생생하다. 비가 오고 바람이 부는 날이었다. 며칠간 손님이 없어 잡지를 뒤적이고 있을 때였다. 젊은 남자가 들어왔다. 한눈에 보기에 잘생긴 남자였다. 싱싱한 풋것의 냄새도 났다. 여자를 다루는 솜씨가 서툴렀지만 그래서 잘 받아주었다. 그런데 그것이 씨알이 될 줄은 몰랐다. 마리아는 믿기지 않았다. 관리를 잘한다고 했는데 어떻게 뚫렸는지 알 수 없었다.

메리도 생기는지 모르게 얻은 아이다. 메리의 아버지에 대해서는 기억이 없다. 배가 부르기 시작해서야 아이가 있는 줄을 알았다. 아이를 내리고 싶었다. 아리와 코리를 키우기도 힘들었다. 계속해서 일도 해야 했다. 하지만 천주님이 두려웠다. 낙태를 하는 것은 한 생명을 죽이는 죄를 짓는 것이기 때문이었다. 천주님의 노여움을 살 것이고 그림도 완성하지 못 할 것 같았다.

마리아가 힘겹게 손을 움직인다. 험한 세상으로부터 아이들을 보호할 든든한 울타리를 그려야 한다. 엄마가 없어도 아리, 코리, 메리가 한 껍질 속 알밤 같이 살아가기를 바라기 때문이다. 메리가 땀을 흘리며 검은 색과 하얀 색을 섞는다. 이마에 맺히는 땀을 닦을 여유도 없다. 엄마를 뉘어 쉬게 하고 싶지만 엄마는 완강하다. 메리가 너무나 힘이 드는지 얼굴이 빨개지며 낑낑거린다.

기억은 한숨을 크게 쉬며 눈을 감는다. 그림 속인지 현실인지 알 수가 없다. 왜 마리아와 아내가 겹쳐 보이는지 알 수 없다. 찾아야할 아내의 모습은 보이지 않고 마리아의 아름답던 모습만 눈앞으로 선하게 다가온다. 어디선가 아내가 원망하고 있을 것 같다. 기억은 눈을 번쩍 뜬다. 화면이 바뀌어 있다.

코리가 헐떡거리며 광장으로 들어선다. 노란색, 검은색, 빨간색 가방을 끌고 이리저리 광장을 가로질러다니는 사람들이 많다. 사람들은 버스가 있는 곳으로 또는 면세점이 있는 곳으로 흩어진다. 광장 한쪽으로 가지각색의 버스들이 줄지어 서있고 버스 뒤편으로 커다란 야자나무들 사이에 붉은 집들이 보인다. 코리가 사람들을 헤집고 다닌다. 사람들이 면세점 쪽으로 몰려가고 있다. 코리도 사람들을 따라간다. 사람들은 상점에 드나들기도 하고 상점 앞 광장에 모여 있기도 하다. 아이들이 여기저기에서 남자 관광객들과 얽혀 무슨 이야긴가를 주고받고 있다. 코리가 사람들을 헤집고 다니며 아리를 찾는다. 사람들이 허우적거리며 돌아다니는 코리를 바라본다.

"네가 여기는 어떻게……?"

야자나무 숲에서 나오던 아리가 코리를 보고 뛰어온다.

"엄마가! 엄마가! 메리가 형을 빨리 찾아오라고 했어."

코리가 빠르게 두 번 오른 손 검지로 수염을 쓰다듬은 후 새끼손가락을 치켜세운 다음 중지를 펴고 새끼손가락을 세운 손을 내린다. 그리고 또 다시 오른 손 중지를 펴고 왼 손으로 오른 손을 안으로 당긴다. 아리는 가슴이 철렁 내려앉는다. 요즘 들어 어머니가 머리가 아프고 가슴이 답답하다고 했다. 하지만 그때뿐이었다. 어머니는 열심히 일했다. 아리는 어머니에게 되도록 많은 손님들을 들이밀어 주었다. 어머니의 부탁이었다. 아리가 코리의 손을 잡고 광장으로 뛴다.

둑길로 노란 택시 한 대가 위태롭게 달려가고 있다. 길가의 꽃들이 차가 지나가는 바람을 따라 흔들린다. 꽃무리 속에서 안나가 벌떡 일어나 무슨 일인가 하고 바라본다. 택시가 판자 집 앞에 서고 아리와 코리가 내린다. 안나가 그들을 멀뚱히 바라보고 있다. 아리가 부리나케 집으로 올라가고 코리가 뒤따른다. 마리아가 그림이 그려진 종이 위에 엎어져 있다.

"어머니! 웬 일이야? 일어나!"

아리가 마리아를 일으킨다. 마리아는 꼼짝도 하지 않는다. 아리가 마리아를 들어 올려 똑바로 누인다. 얼굴에 빨강과 노랑 그리고 초록색의 물감들이 묻어 있다. 메리는 어디에도 없다.

"어마아! 어마아!"

코리가 마리아에게 엎어져 운다. 마리아의 물감 묻은 얼굴이 클로즈업 되고 화면 오른쪽에서 왼쪽으로 바람이 지나간다.

"아이들을 어떻게 좀 해줘요!"

바람 따라 흘러가는 마리아의 외침 소리가 들리는 것 같다. 기억은 정신이 번쩍 든다.

"나를 좀 구해줘요!"

아내의 목소리가 들리는 것 같다. 그 순간 박상환의 얼굴이 번뜩 떠오른다. 싱글싱글 웃으며 바람을 따라 가는 상환이다. 의문이 고개를 들고 일어선다. '혹시라도 인천 거리에서 우연히 만났다면…… 내가 용산에 있는 학교 앞에서 우연히 박상환을 만났던 것처럼.' 기억은 떠오르는 생각을 잡는다. 박상환은 읍내 중학교 동창이었다. 서울에 있는 공고를 다녔었다. 길거리에서 우연히 만난 상환이 하숙집을 옮겨야하는데 당장 구할 수 없으니 잠시만 함께 있자고 했었다. 기억이 친구와 함께 자취하는 방이었다. 상환은 책 보따리만 들고 들어오더니 깡패들을 하나씩 불러들이기 시작했다. 공고 불량 학생들이었다. 여학생도 데리고 들어와 혼숙을 했다. 자취방은 순식간에 깡패들의 소굴이 되었었다. 거리에 나가 학생들에게 돈을 빼앗고 술을 마시기도 했었다. 기억은 친구와 함께 그놈들 몰래 방을 빼어 옮겨야 했다. 상환은 결혼식에도 왔었다. 알고 보니 아내와 한동네 출신이었다. 결혼 축하 겸 동창들끼리 만난 자리에서도 상환은 아내를 짝사랑했다고, 해병대 출신 고집불통인 면장만 아니었으면 결혼했을 것이라고, 나대신 행복하게 해줘야 된다고, 술에 취해 두서없이 떠벌리기도 했었다. 나이트클럽에서 가이드인지 웨이터인지 일하고 있다는 놈이었다.

바람을 따라 판잣집이 사라지고 키 큰 미루나무들이 바람에 쓸리며 지워져가고 있다. 코리가 바람에 쓸려가며 아버지! 아버지! 하고 부르는 것 같다. 구름이 몰려가고 까마귀들이 바람이 가는 쪽으로 날아가며 화면이 하얗게 비어간다. 기억은 마음이 다급해진다. 저곳이 어디인지 알 것 같다. 호주머니에서 전화벨이 울린다.

"경찰섭니다. 남기억 씨 맞지요? 이여선 씨의 행방을 찾았습니다. 빨리 오십시오."

기억은 정신없이 밖으로 뛰쳐나간다. 밖에는 여름 한낮의 두터운 태양빛이 두꺼운 커튼처럼 드리워져 있다.

겨울 야생화

마을 가운데로 개천이 흐르고 커다란 정자나무가 있고
아버지 어머니와 형제들이 오순도순 살고 있는 고향.
그런 고향이 있었던가? 이 일병은 생각나지 않는다.

눈 덮인 산들은 하얀 구름 덩어리들을 덮어 쓰고 있는 것 같고 그 사이로 이어지는 대열은 구불구불 기어가는 구렁이 같다. 대열의 꼬리 끝에 붙어 따라가는 이 일병에게는 그렇게 보인다. 앞의 상황은 알 길이 없다. 대열의 진행은 더디고 산골짜기를 따라 부는 바람은 앞에서 만들어 놓은 발자국을 쉴 새 없이 지워나가고 있다. 삼십여 명이 일렬로 걸어가는 길이도 얼마나 긴지 모른다. 앞에서 이끄는 안내자를 따라간다 해도 발목 또는 장딴지까지 빠지는 눈밭을 헤쳐 나가기는 어렵고 아슬아슬하다. 병사마다 휘발유가 가득한 통을 어깨에 메고 가는 참이다. 산의 옆구리 또는 골짜기를 따라가다 만나는 경사면은 올라가기는 참으로 어렵다. 바람이 쓸어 모아 놓은 눈 더미 밑엔 무엇이 있는지 모른다. 날씨는 또 다시 눈이 올 듯이 흐리고 바람은 골짜기를 따라 세차게 불고 있다. 부대에 배치 된지 5일 만이다. 이곳이 어느 곳이고 앞길이 얼마나 험한지 그리고 얼마나 가야 되는지 알 수 없다. 중대 막사의 뒤쪽에서 출발하여 골짜기와 능선 그리고 등성이를 넘어 계속 걸어가는 중이다. 병사들마다 통에 휘발유를 가득 넣고 행군에 대한 요령과 주의 사항 등 출발 준비를 하느라 아홉 시가 넘어서야 출발했다.

"이곳은 개천이 흐르고 있는 곳이다! 나를 따라 다리를 잘 건너라! 옆으로 발을 헛디디면 개천에 빠져 황천객이 될 수도 있다!!"

제일 앞쪽에서 길을 인도하는 중사의 목소리가 들린다. 먼 거리인데도 중사의 목소리는 뒤까지 분명하게 전해왔다. 그러나 앞 사람의 전달을 받으며 다리가 있는 곳까지 갔지만 어디를 봐도 개천의 흔적은 보이지 않는다. 어느 곳이나 하얀 눈이 평평하게 깔려있을 뿐이다. 다리를 지나자 집들이 가까이 보인다. 대열이 마을 가운데를 지나가는 모양이다. 병사들은 벌써부터 지쳤는지 마을에서도 느리게 걷는다. 휘발유통보다 훨씬 가벼운 무전기를 멘 이 일병도 허기지고 다리가 무거워 주저앉고 싶다. '이곳 어디선가 짐을 풀어 놓고 쉬어갔으면……' 이 일병은 생각 했지만 앞에서는 무슨 생각을 하는지 알 수 없다. 앞까지는 멀기만 하고 대열은 계속 진행하고 있다.

여기저기 떨어져 있는 집들은 다섯 채뿐이다. 집들은 모두 초가지붕이지만 안채와 사랑채가 갖추어진 규모 있는 집도 있다. 집과 집 사이도 길이 뚫려 있고 사람이 지나다닌 흔적도 뚜렷하다. 잘 치워진 마당에는 닭들도 돌아다니고 꿀꿀거리는 돼지 소리도 들린다. 가까이 있는 집에서는 아이들이 나와 대열을 멍하니 바라보기도 한다. 그런데 오른쪽으로 저만치 산비탈에 있는 작은 집들은 사람이 사는 것 같지 않다. 볏짚 지붕과 싸리나무 울타리에 사립문이 걸쳐 있는 집들은 안마당이 멀리 보이지만 하얀 눈이 소복이 쌓여 있는 그대로다. 사람들이 활동할 한낮인데도 사람들은 물론 눈을 치운 흔적조차 보이지 않는다. 유령의 집들인가? 아니면 최전방 지역이므로 전쟁에서 밀릴 때 적군들이 먹을 것을 찾아 들어갔다가 숨겨둔 지뢰나 폭발물을 밟아 몰살당하게 하려고 군대에서 가짜로 지어 놓은 집들인가? 이 일병은 엉뚱한 상상을 한다. 대열의 맨 앞에서 중사와 함께 가는 통신병 사수인 병장이 말했었다.

"이곳은 최전방의 바로 뒤의 예비 부대다. 언제든지 최전방에 투입될 수 있다. 그러니 정신을 바짝 차리고 고참병의 지시나 명령을 잘 따르기 바란다."

이 일병이 신입신고를 하자 키 작고 다부지게 생긴 병장이 어깨를 툭툭 치며 겁을 주었었다. 고참병장인 그는 곧 제대할 것이라고 했다.

이 일병은 입영 영장이 나오기 전인 열아홉 살에 자진 입대했다. 자고 먹고 할 기본 생활도 해결할 수 없기 때문이었다. 어차피 가야 할 군대라면 일찍 들어가 의무를 완수하고 좀 더 커서 나오면 세상을 헤쳐 나갈 힘도 생길 것이라고 건축현장에서 일하던 팀장이 말해

주었다. 패밀리 레스토랑에서 떨려 나와 이리저리 헤매다 찾아 들어간 건축현장이었다. 임시로 만든 거처 같은 곳에 인부 두 명이 있었다. 폐목을 때는 난로도 있어서 따뜻했다. 이 일병은 아저씨들에게 사정을 이야기했고 마음씨 좋은 아저씨들은 이 일병을 그곳에서 먹고 자며 일을 하게 해주었다. 건축 자재를 나르고 폐기물들을 모아 치우는 일이었다. 무거운 물건을 나르는 일이지만 마음은 편안했다. 단란한 가족들을 보며 겪었던 갈등도 슬픔도 없었다. 일을 시키는 아저씨들도 친절했다. 무거운 물건은 한꺼번에 들지 말고 어려우면 쉬어가며 하라고 했다. 건물이 완공될 무렵에 팀장이 군대 이야기를 했었다. 자원입대도 할 수 있다고 했다. 군대에서는 사회에 나가서 취직할 수 있게 기술을 가르쳐준다고도 했다.

"너는 어디에 가든 잘 살 수 있을 거다. 보육원에서처럼 정직하게 열심히 살면 어디 가서나 인정을 받을 것이다. 그러니 실망하지 말거라. 시간 나면 가끔씩 들리기도 하고. 알겠지?"

원장님이 대형 식당에 데려다주며 했던 말이다. 패밀리 레스토랑이라고 했다. 원장님은 이 일병의 손을 꼭 잡아주고는 등을 다독여주었다. 십이 년 간 함께 살아온 원장님이었다. 고등학교를 졸업한 후였다. 이 일병은 보육원에서 나와야 했다. 그것이 보육원의 규정이라고 했다. 이 일병은 주방에서 그릇 닦기 등 허드렛일을 했다. 주방은 넓고 복잡했다. 조리사들이 분주하게 음식을 만들고 있었다. 대형 냉장고들이며 식재료 보관소와 재료를 손질하는 큰 탁자, 크고 작은 가

스레인지가 설치되어 있는 조리대와 큰 싱크대들이 있는 넓은 주방이었다. 식당 지배인은 주방에서 열심히 일하며 경험을 쌓으면 홀 서비스로 옮겨주겠다고 했다. 홀 한쪽을 칸막이해서 만든 작은 방에서 아침 여섯 시에 일어나 밤 열두시까지 해야 하는 일에 쉴 사이도 없었다. 감자 양파 등 식재료를 다듬는 일부터 쓰레기 치우기, 밀려드는 식기 세척에 주방과 홀의 청소까지 해야 했다. 쉬는 날도 없었다. 그래도 이 일병은 '사회란 네가 개척하기에 달렸다.'라고 다독여주던 원장의 말을 떠올리며 열심히 일했다.

식당 홀을 가득 메운 손님들은 대부분 아이들이 딸린 가족이었다. 할아버지, 할머니와 형제자매들이 합친 대가족도 있었다. 주방에서 일하며 언뜻 언뜻 훔쳐보는 그들은 참으로 행복해보였다. 이 일병은 매일 그들을 보며 가슴에서 옹기종기 피어나는 그리움에 시달렸다. 얼굴도 모르는 어머니의 포근한 품이, 정직하고 굳세게 살아야한다고 말하던 아버지의 다정한 모습이, 비록 새어머니지만 가족이 둘러앉아 저녁을 먹던 정겨운 때가 되살아났다. 이 일병은 홀 안의 다정한 손님들에게 정신이 팔려 조리사의 말을 알아듣지 못했고, 고가의 그릇들을 바닥에 떨어뜨려 깨트리기도 했다. 그때마다 주방장의 질책이 쏟아졌고 이 일병은 어찌할 바를 몰랐다. 정신을 똑바로 차리자고 다짐했지만 실수는 계속되었다.

한 달이 그렇게 지나자 사장이 네가 깨트린 그릇의 값으로 치면 이보다 더 많은 돈을 물어내야하지만 그래도 어딘가에서 자리 잡을 때까지 필요할 것 같아 주는 돈이니 가지고 나가라며 봉투를 이 일병의 손에 쥐어주었다. 사십오만 원이었다. 거기다 건축현장에서 일하고 받은 돈이 육십 만원이었다. 그 돈의 일부만 쓰더라도 좋은 부대에 배치 받을 수 있을 것 같았다. 통신교육대를 거쳐 이송된 보충대에서 알아낸 정보였다. 하지만 그 돈은 군대를 마치고 대학에 들어가면 등록금에 보탤 돈이었다. 신병훈련소에서 매일 불볕더위에 고된 훈련에 시달리면서도 시원한 사이다 한 병 아이스크림 하나 사먹지 않았다. 논물까지 퍼마셔야 하는 목마름과 고통을 그대로 견뎌냈다. 소총 사격에서 매번 불합격해서 토끼뜀으로 연병장을 돌기도 했다. 그래도 훈련소를 졸업할 때는 함께 훈련 받는 다른 훈련병보다 어린 이 일병은 그 모든 역경을 이겨냈다는 것에 자부심이 생겼었다.

이 일병은 그렇게 세상 물정을 모르고 살았다. 아무도 가르쳐주지 않았다. 어렸을 때 들었던 '정직하고 굳세게 살아야 된다.'는 아버지의 말만 기억하고 있을 뿐이었다. 보육원에서는 규칙을 잘 지켰고 학교에서는 공부를 열심히 했다. 식당주방과 건설현장에서도 열심히 일했다. 그것뿐이었다. 세상은 거친 벌판과 같고 사람들은 가지각색이라는 것을 몰랐다. 보충대는 부대 배치를 기다리는 신병들로 북적댔다. 여러 곳의 훈련소에서 온 낯선 병사들이 모여들어 수군거리고 큰소리치며 싸움박질 하고 이리저리 바쁘게 돌아다녔다. 보충대 사무실을 찾아가기도 하고 기간병과 어딘가로 가기도 했다. 내무반에서는 어디가 좋고 그곳에 배치 받으려면 돈을 써야 된다는 소문이 나돌았다.

신병들이 반쯤은 빠져나가 내무반이 헐렁하던 때였다. 식당에서 저녁밥을 먹고 내무반에 들어오니 병장이 들어와 이 일병을 포함한 일곱 명의 이름을 불렀다. 드디어 부대 배치를 받을 모양이었다. 밖으로 나가니 트럭이 세워져 있고 병장이 트럭에 타라고 지시했다. 신병들을 짐칸에 태운 군용트럭은 계속해서 높고 험한 산 속으로 구불구불 들어갔다. 캄캄한 밤이었다. 시간이 얼마나 흘렀고 어디로 가고 있는지 몰랐다. 신병들은 말이 없었다. 그렇게 가던 트럭이 어느 곳인가에 서더니 누군가 트럭 뒤로 다가와 이 일병의 이름을 불렀다. 소지품 백을 챙겨 내리라는 것이었다. 바람이 휭 하고 지나갔다. 밖은 먹빛 같이 캄캄했다. 이 일병은 오싹한 한기 같은 두려움을 느꼈다. 싸하게 불어오는 바람이 얼굴을 훑으며 지나갔다. 사방을 둘러보니 거대한 산들이 둘러앉아있었다. 밤이라서 얼마나 높은지는 알 수 없지만 깊은 산중임에는 틀림없었다. 앞서 가는 병사는 이 일병을 보이지 않는 목줄로 끌고 가기라도 하듯 말없이 걸어갔다. 길가의 위병소를 지나 이 일병이 들어간 곳은 높은 산 밑에 길게 지어진 단층 막사의 중간쯤에 있는 방이었다. 어둠침침한 작은 방에 나무 책상들이 'ㄱ'자로 꺾이어 있고 가운데에는 작은 난로에 불이 벌겋게 타고 있었다. 조명은 천정에 매달린 알전등 하나였다.

"으음. 인수해 왔는가? 수고했다."

이 일병은 방안에 아무도 없는 줄 알았다. 그런데 말이 들려오는 곳을 보니 알전등이 내려와 있는 책상 뒤에 누군가가 앉아 있었다. 이 일병은 어둠 속에서 반짝이는 눈빛을 보고 얼결에 차렷 자세를 취했다.

"이곳까지 오느라 수고했다. 신상명세 카드는……"

"옛, 가지고 왔습니다."

이 일병은 기합이 잔뜩 들어간 목소리로 대답하고 사물 백에서 신상기록카드를 꺼내어 책상 앞에 놓았다. 반짝이는 눈빛이 신상기록카드를 넘기며 한참을 보더니 얼굴을 들고 흡족한 목소리로 말했다.

"이제야 조수가 왔군. 그래 좋았어. 피곤할 테니 가서 푹 자라고."

반짝이는 눈빛이 신상기록카드를 탁하고 접으며 다시 이 일병을 훑어보았다. 이 일병은 마음이 조금 놓였다.

"여기가 네가 잘 곳이다. 칸막이한 곳까지가 본부소대에서 쓰는 침상이니 아무데나 쑤시고 들어가 자도록. 알겠나!"

이 일병을 끌고 온 병사가 사무실 옆문을 밀고 들어가서 말했다. 이 일병에게는 아무것도 보이지 않았다. 갑자기 어둠 속으로 들어와서 그런지 칸막이도 침상의 모습도 잘 보이지 않았다. 긴 방의 한가운데 흐릿한 알전등 하나만 매달려 있어 그 불빛이 이쪽까지 오지 않는 것 같았다. 불침번이 오고 가는 것만 보였다. 이 일병은 어둠을 더듬어 머리가 박혀 있는 옆의 빈 모포를 헤집고 들어갔다. 그리고 언제 어떻게 잠이 들었는지 몰랐다.

"야아! 첫눈이다. 첫눈!"

기상 호각소리에 눈을 뜨자 밖에서 떠드는 소리가 들렸다. 이 일병은 부리나케 군복에 철모를 챙겨 쓰고 연병장으로 나갔다. 흐린 하늘에서 눈송이들이 하얗게 날리고 연병장에도 눈이 발등까지 닿도록 쌓여 있었다.

"신병이 오니 첫눈도 푸짐하게 내리는구나."

본부소대 일등병이 말했다. 부대에 온지 일주일이 되었다고 했다. 일주일 고참인 셈이었다. 삼일 간을 내리 퍼부은 눈은 치우고 치워도 발목이 묻힐 정도로 쌓여갔다. 식당으로 가는 길과 보급소와 무기고로 가는 길만 빤할 뿐 그 외는 어디나 사람의 발목 또는 장딴지까지 빠지는 눈의 세상이었다. 중대에 긴급 명령이 떨어진 것은 눈이 그친 다음 날이었다. 본부소대에서도 부지런히 움직였다. 최전방에 있는 연대본부와 후방에 있는 사단본부를 이어주는 통신 중계소에 기름이 떨어져 발전기를 돌릴 수 없고, 그로인해 통신시설이 마비되었다는 것이다. '무산'에 있는 중계소라고 했다. 평시에는 차로 기름을 공급했지만 갑자기 내린 눈으로 차가 올라갈 수 없다는 것이었다. 본부소대에서도 무선중계병이 따라가야 된다고 했다. 눈길을 헤치며 무산까지 가는 소대원의 진행상황과 안전사항을 대대에 보고해야하기 때문이었다. 병장인 사수가 무전기를 항상 열어놓고 제일 뒤에 따라오며 혹시나 뒤에서 무슨 일이 생기면 즉시 연락하고, 언제 떨어질지 모르는 자신의 지시에도 즉각 따르라고 명령했다.

마을을 빠져나간 대열이 또 다시 산 속으로 들어간다. 한참 행군을 하던 대열이 높은 산에 맞닥뜨릴 때다. 앞쪽에서 또 다시 중사의 목소리가 들린다.

“이곳은 산의 육 부 능선이다. 보이다시피 밑으로는 까마득한 비탈이다. 한 번 미끄러지면 헤어나지 못할 것이다. 앞 사람의 발자국을 확인하며 정확하게 발을 내딛어야 한다. 정신집중하기 바란다!”

오른쪽으로는 높은 산봉우리다. 대열이 위태롭게 능선을 지나가고 있다. 왼쪽 비탈은 서쪽 하늘에 걸려 있는 태양에서 쏟아져 나오는 햇빛을 받아 비단 천을 펼쳐 놓은 것 같다. 하얗게 내려뻗은 눈 비탈을 따라 내려간 그 밑으로는 포근하고 아름다운 세상이 넓게 펼쳐져 있다. 집들은 보이지 않지만 행복이 가득한 평화로운 마을 같다. 마을 가운데로 개천이 흐르고 커다란 정자나무가 있고 아버지 어머니와 형제들이 오순도순 살고 있는 고향. 그런 고향이 있었던가? 이 일병은 생각나지 않는다. 하지만 언뜻 떠오르는 기억이 있다. 어머니 품에 안겨 젖을 물고 사립문 밖을 나갔을 때였다. 마당 밑 고추밭에서 붉은 고추를 따던 아랫집 할머니가 ‘너는 아직도 엄마 젖을 물고 있느냐? 동생을 볼 나이인데.’하고 말했었다. 가을 햇살이 따뜻했고 밭둑에 피어 있는 작은 꽃들이 예뻤었다. 이 일병이 다섯 살 때 어머니가 돌아가셨으니 아마도 세 살이나 네 살 때였을 것이다. 어머니에 대한 기억이 이 일병의 머릿속에 어렴풋이 남아있는 것은 그것 하나뿐이다. 그 외에는 어머니의 모습도 얼굴도 목소리도 기억에 없다. 어머니 하면 매섭고 냉정했던 새어머니에 대한 기억뿐이다. 이 일병은 썰매를 타고 내려가듯 비탈을 미끄러져 내려가 그 고향으로 가고 싶다. 이 일병의 가슴에 오로지 남아 있는 행복이고 그리움이기 때문이다.

"야 통신병! 빨리 따라오지 못해!"

앞에 가던 상병이 뒤돌아보며 소리친다. 그와의 사이가 오륙 미터는 떨어진 것 같다. 이 일병은 정신을 차리고 부지런히 따라간다. 또 다시 산속이다. 앞으로도 옆으로도 높은 산이다. 그때다. 무전기에 신호음이 울린다. 이 일병은 재빨리 송수화기를 잡아채어 귀에 댄다.

"여기는 두더지 원이다. 감 잡았으면 응답하라."

대열의 맨 앞에 가는 사수다.

"두더지 투. 감 잡았습니다. 말하십시오."

"지금 이곳에서 대대본부와 교신이 안 된다. 두더지 투가 그곳에 남아 중계하라. 알았으면 즉시 응답하라."

처음에는 무슨 말인가 했다. 그러나 다시 생각하니 높은 산 때문에 전파가 끊겨 대대본부와 연락이 되지 않으니 네가 그곳에 남아 중계하라는 지시였다. 이 일병은 저물어가는 산중에 혼자 남는 것이 두렵지만 군대의 명령이었다.

“두더지 투. 알겠습니다.”

“별도 지시가 있을 때까지 그곳에서 중계하라!”

사수가 다시 엄중하게 명령한다. 이 일병은 그곳에서 멈춰 선다. 산모퉁이를 돌아가는 대열의 끝이 서서히 시야에서 사라져간다. 산중에 오로지 이 일병 혼자다. 태양은 점점 더 서쪽으로 기울어가고 있다. 이 일병은 불안한 마음에 대대본부를 불러본다.

“두더지 본부! 두더지 본부! 여기는 두더지 투다. 중간에 남아 중계 한다.”

“두더지 투! 감이 좋다. 계속 중계하라.”

이 일병은 생생하게 들리는 대대본부 통신병의 목소리에 다소 안심이 되었다. 사수에게서는 더 이상 무전이 걸려오지 않았다. 태양은 어느새 서쪽 산마루네 올라앉아 있다. 이 일병은 사수를 다시 불러보았다. 그런데 응답이 오지 않는다. 태양은 시시각각 산마루 뒤쪽으로 내려가고 있다. 이 일병은 앞으로 나가며 다시 사수를 불러본다. 그러나 무응답이다. 전파가 산에 막혔는지도 모를 일이다.

“두더지 본부! 두더지 본부는 나와라. 여기는 두더지 투다.”

이 일병은 두려운 마음에 대대본부를 불러본다. 어디서든 지시를 받아야 했다. 그러나 대대본부에서도 응답이 오지 않는다. 이 일병은 가던 길을 되돌아오며 불러본다. 여전히 응답이 오지 않는다. 태양은 산마루 뒤로 모습을 감추고 있다. 이 일병은 마음이 다급하다. 이제 곧 태양이 사라지고 어둠이 올 것이다. 점심도 먹지 못한데다 눈 속을 헤매느라 기진맥진한 이 일병은 어떻게 해야 좋을지 알 수 없다. 양쪽을 다시 불러보지만 역시 무응답이다. 어떻게 된 일인지 모른다. 이제 결정은 이 일병이 내려야 했다. 하지만 어디로 가야 좋을지 모른다. 무산으로 가야 하겠지만 무산까지 얼마나 먼지 어떻게 찾아 가야할 지 알 수 없다. 부대로 되돌아가는 것이 수월할 것 같다. 온 길로 되돌아가면 되기 때문이다. 이 일병은 부대로 되돌아가기로 마음먹는다.

산길을 더듬어 육 부 능선까지 오는 사이 밤이 되었다. 주변이 캄캄하다. 다행히 눈이 발사하는 하얀 빛이 발자국들을 희미하게 드러내주고 있다. 이 일병은 육 부 능선의 지워져가는 발자국을 더듬으며 기어간다. 시간이 얼마나 걸렸는지 모른다. 발자국이 완전히 지워지지 않은 것이 다행이다. 그러나 그뿐이다. 산속은 캄캄하다. 방향도 알 수 없다. 마을이 있는 분지로 나가면 부대를 찾아갈 수 있을 것 같지만 마을이 어디쯤에 있는지 분간이 가지 않는다. 불빛 하나 보이지 않는다. 부대로 돌아가기로 결정을 내릴 때만 해도 자신이 있었다. 그러나 캄캄한 밤에 눈밭을 헤매다보니 어느 곳으로 가야 마을로 가는지 방향도 가늠하기 어렵다.

어느 곳인가 눈 속으로 허리까지 빠진다. 이 일병은 갑자기 닥쳐오는 두려움에 휩싸인다. 살아야겠다는 생각이 가슴을 치받는다. 새어머니에게 쫓겨났을 때도 그랬다. 캄캄한 밤이었다. 새어머니는 십리 길 시내 병원에 가서 약을 사오라고 했다. 일곱 살 때였다. 아버지가 아프다고 했다. 배가 꼬여 고통스러워하고 있으니 빨리 갔다 와야 된다고 몰아냈다. 이 일병은 겁이 덜컹 났다. 아버지가 아픈 것도 그렇지만 캄캄한 밤에 산길을 가는 것도 그랬다. 이 일병이 주춤거리자 새어머니는 빗자루로 어깨며 엉덩이를 두들겨 팼다. 아버지가 죽게 생겼는데 뭘 꾸물대느냐고 소리쳤다. 아버지는 안방에 죽은 듯이 누워있었다. 이 일병이 늑대가 울어대는 산길을 죽어라고 뛰어 갔다 오자 아버지는 이미 돌아가신 뒤였다. 어찌된 일인지 안 수 없었다.

이 일병은 그렇게 산길을 헤맬 때처럼 온 힘을 다해 눈 속을 헤매었다. 뒹굴며 허우적거리며 겨우 언덕을 넘었다. 목이 마르고 배가 고프다. 연신 눈을 뭉쳐 먹는다. 입안이 딱딱하게 얼어붙는 것 같다. 다시 두려움이 몰려온다. 저만치 앞에 아버지가 서 있는 것 같다. 이 일병은 아버지가 반갑다. 아버지가 웃는 얼굴로 '우리 아들 잘 한다. 우리 아들 잘 한다.'하며 어서 오라고 손짓하고 있다. 이 일병은 힘을 내어 아버지에게로 다가간다. 그러나 그것은 눈을 뒤집어쓰고 있는 죽은 나무 둥치다.

앞으로 또 산이다. 대열을 따라갈 때는 산이 이렇게 깊고 험하지 않았다. 어디서 길을 잃었는지 알 수 없다. 이 일병은 마을이 있을 것 같은 방향을 보고 걷는다. 눈을 무겁게 뒤집어쓴 나무들이 앞을 가로막고 있다. 이 일병은 나뭇가지 밑으로 기어 나간다. 눈 속을 파고 들어가는 두더지 같다. 등에 멘 무전기가 나뭇가지에 걸려 이 일병을 잡아당긴다. 이 일병은 무전기를 벗어 던져버리고 싶다. 하지만 그럴 수는 없다. 죽더라도 등에 메고 죽어야할 군대 장비다.

이 일병은 무전기보다 아버지가 더 원망스럽다. 왜 새어머니를 얻어 구박을 당하게 했는지, 왜 일찍 죽어 보육원에 들어가게 했는지, 아무 것도 알 수 없는 이 일병은 아버지가 야속하다. 여섯 살 때 어머니가 돌아가시고 새어머니가 들어오면서부터 이 일병은 길을 잃고 헤매었다. 새어머니의 학대에 시달리며 어디에 마음을 두어야 좋을지 몰랐고, 낯선 보육원의 냉대에 어떻게 처신해야 좋을지 몰랐다. 이 일병은 그때부터 길을 찾지 못했다. 한밤중에 눈길을 헤매는 것과 같았다. 건강하고 자상했던 아버지가 살아계실 때만해도 괜찮았다. 하지만 아버지는 갑자기 돌아가셨다. 병으로 돌아가셨다지만 무슨 병인지 몰랐다. 아버지의 크게 뜬 눈을 감겨주는 새어머니는 울지 않았다. 감정이 없는 사람 같았다. 이 일병은 그때를 뚜렷이 기억하고 있다.

눈 속을 계속 파고 들어가면 아버지를 만날 수 있을까? 커다란 소나무 밑에 묻힌 아버지였다. 아버지가 평소에 품었던 뜻이라고 했다. '너는 커서 푸른 소나무처럼 꿋꿋하고 정직하게 살아야 한다.' 이 일병이 일곱 살 때까지 아버지가 하던 말이었다. 이 일병은 소나무 밑을 파고 들어가 아버지를 만나고 싶다. 아버지를 만나서 왜 돌아가셨는지 묻고 싶다. 하지만 나무들은 말없이 눈을 뒤집어쓰고 있고 나무 밑의 눈의 두께는 이 일병이 감당할 수 없을 정도다.

죽을힘을 다해 나무숲을 헤쳐 나가자 작은 평지가 나타난다. 지나온 마을인가 싶지만 집들은 어디에도 보이지 않는다. 검은 하늘에 별들만 반짝인다. 이 일병은 허기와 허탈한 마음에 눈밭에 눕고 싶다. 눈밭에 누우면 편안할 것 같다. 몸이 생각을 따라가는 모양이다. 이 일병은 스르르 주저앉아 눈밭에 몸을 누인다. 눈밭이 포근하고 따뜻하다. 하지만 하늘에서 반짝이는 별들이 이구동성으로 소리친다. 누워있으면 안 된다고. 생명줄을 끈질기게 붙잡으라고. 붙잡고 걸어야 한다고. 이 일병은 정신을 번쩍 차리고 일어난다.

왼쪽으로 저만치 희미한 불빛 하나가 보인다. 이제껏 보지 못했던 것이다. 하얀 눈 속에 보였다 안 보였다 하는 것이 불빛인지 짐승의 눈빛인지 의심스럽다. 이 일병은 눈을 비비고 다시 본다. 아주 작은 매화 꽃송이 같기도 하고 민들레꽃 같기도 하고 패랭이꽃 같기도 하다. 이 일병은 정신을 차리고 불빛에 집중한다. 불빛 주변으로 눈에 덮인 집 모양이 희미하게 보인다. 봉창에 비친 작은 불빛 같다. 이 일병은 차오르는 기쁨에 힘을 내어 눈길을 헤쳐 나간다. 집의 형태가 뚜렷이 보인다. 사립문이 열려 있는 작은 집이다. 이 일병은 집만 바라보고 가다 무릎까지 빠지는 눈밭에 넘어지고 만다. 얼굴이 눈에 파묻히고 신발에 물이 새어 들어온다. 개천인 것 같다. 이 일병은 다시 일어나 조심스럽게 발을 내딛는다. 개천은 폭이 좁다. 이 일병은 허우적거리며 둑으로 올라간다. 집이 눈앞이다. 이 일병은 허겁지겁 사립문 안으로 들어가 마당에 선다. 마당에는 역시나 사람이 다닌 흔적도 눈을 치운 흔적도 없다. 물에 젖은 군화가 얼어붙으며 발이 아파온다. 하지만 이 일병은 얼어붙은 군화를 어떻게 해볼 겨를도 없이 토방에 올라서서 사람을 부른다.

"계십니까? 안에 누구 없어요?"

방안에서는 대답이 없다. 이 일병은 이상한 생각에 문 앞에 바짝 다가서서 다시 큰 소리로 불러본다. 그때다. 문이 벌컥 열리며 할머니의 얼굴이 불쑥 나타난다. 문짝이 철모에 부딪쳐 뒤로 넘어질 번한 이 일병은 정신을 차리고 할머니를 다시 본다. 백발의 머리는 엉클어져 있고 검은 얼굴이 쭈글쭈글한 마귀 같은 할머니다. 할머니도 놀라는 기색이다.

"기다리는 아들 메누리는 오지 않고 군인이 웬일이야? 이 밤중에!"

할머니가 잔뜩 경계하는 눈초리로 쏘아붙인다. 이 일병은 황당하다. 어떻게 대답해야 좋을지 모른다.

"길을 잃은 군인입니다. 먹을 것이 있으면 좀……"

이 일병은 겨우 말한다. 말하고 나니 허기가 몰려와 쓰러질 것 같다.

"먹을 것이라고…… 우리도 먹지 못했어! 그런데 뭘?"

할머니도 악을 쓰듯 말한다. 말에 힘이 없다. 며칠을 굶은 것 같다.

"그런데 할머니 다른 식구는 없나요?"

이 일병은 의아하다. 흠칫 무섭기도 하다. 등잔불이 켜져 있는 방 한쪽에 궤짝이 하나가 놓여 있고 아랫목이라고 생각되는 쪽에 아기가 군대 모포에 둘둘 말려있다. 아기인지 아이인지 분간이 가지 않는다. 잠이 들었는지 죽었는지도 알 수 없다.

"군인 양반. 아범과 어멈이 먹을 것을 구해 온다고 땅에 묻은 배추와 무를 리어카에 싣고 나갔는데 눈이 쌓여 못 오는 모양이여. 나는 괜찮지만 저 아이가 먹지를 못해 죽게 생겼으니 군인 양반이 데리고 가서 뭘 좀 먹일 수 없겠나? 제발 부탁이야."

할머니가 팔을 뻗어 이 일병의 손을 덥석 잡는다. 이 일병은 거칠고 차가운 할머니의 손에 깜짝 놀란다. 할머니의 갑작스런 말 또한 이 일병을 당황하게 한다. 이 일병은 할머니의 손을 뿌리치고 뒤로 물러난다. 그러자 뒤에서 이 일병을 떠미는 것이 있다.

"네가 죽어가는 생명을 두고 내뺄 생각이냐! 너 혼자 살겠다고? 네가 혼자 가면 죽을 것이고 아이를 안고 가면 살 것이다."

아버지의 목소리다. 이 일병은 후다닥 뒤를 돌아본다. 아버지는 간데없고 기다란 나무 절구통만 그곳에 있다. 이 일병은 가슴에서 울리는 아버지의 목소리에 방으로 뛰어 들어가 아이를 포대기 채 끌어안는다. 눈을 배시시 뜨는 아기의 눈동자가 희미하다. 울 힘도 없어 보인다. 발을 옮길 힘도 없던 몸에서 어떻게 그런 힘이 솟아났는지 모른다. 아이는 무겁지 않다.

"설이를 꼭 데려와야 해여!"

할머니의 날카로운 목소리가 들린다. 이 일병은 뒤돌아보지 않는다. 사립문을 나오자 주변이 더욱 캄캄하다. 어디로 가야할지 알 수 없다. 이 일병은 한참을 서서 정신을 가다듬는다. 아이가 무거워진다. 아이는 죽은 듯이 꼼짝도 하지 않는다. 이 일병은 다급한 마음으로 주변을 살핀다. 하늘의 별빛과 바닥의 눈빛으로 주변이 희미하게 보이기 시작한다. 걸어온 발자국이 보이고 개천 둑이 느껴진다. 다행히 다리의 표지석이 보인다. 어디선가 늑대 우는 소리가 들리는 것 같다. 이 일병은 귀를 기우린다. 멀리서 들리는 소리가 늑대인지 여우인지 알 수 없다. 이 일병은 두려움에 아이를 바짝 끌어안는다. 아이가 움찔하더니 힘없이 운다. 살아 있다는 증거다. 이 일병은 아이의 얼굴에 자신의 얼굴을 댄다. 싸늘한 체온이 전해온다. 아이가 입을 크게 벌리고 먹으려 한다.

다리를 건너자 이 일병이 누웠던 작은 분지가 나타난다. 앞으로 산과 산 사이의 좁게 트여 있는 곳도 보인다. 입에 쓰디 쓴 마른 침이 고인다. 이 일병은 침을 억지로 목구멍으로 넘긴다. 몸에서 힘이 빠지며 아이가 자꾸만 밑으로 내려간다. 이 일병은 비틀거리며 아이를 추겨 올린다. 또 다시 늑대 우는 소리가 들린다. '정신을 차려라. 정신을 차리고 힘을 내거라.' 아버지의 목소리도 들리는 것 같다. 아버지의 모습은 희미하게 기억되지만 머릿속에 박혀 있는 아버지의 목소리만은 생생하다. 세심하고 나약한 이 일병과는 달리 우직하고 강건한 아버지였다. 이 일병은 아버지의 목소리에 이끌리듯 눈밭을 걷는다. 트여 있는 곳을 지나자 점점 넓어진다. 멀리 집도 한 채 보인다. 대열이 지나갔던 마을 같다. 이 일병은 반가운 마음에 뛰듯이 걷는다. 눈밭에 빠지는 다리에 힘이 풀렸는지 발에 무엇이 걸렸는지 모른다. 아이가 '아앙'하고 운다. 이 일병은 넘어진 곳에 주저앉아 아이의 얼굴에 묻은 눈을 털어준다. 작고 하얀 얼굴이다. 여자 아이 같다. 이 일병은 우는 아이를 가슴에 끌어안아준다. 색색거리는 숨소리가 가슴으로 스며든다. 이 일병은 일어나 다시 걷는다. 띄엄띄엄 박혀있는 집들이 보인다. 대열이 지나가던 마을이 분명하다. 이 일병은 가슴에서 소리 없는 아우성 같은 기쁨이 솟아난다. 이제 얼마 가지 않으면 부대가 나타날 것이다. 집들은 모두 불이 꺼져 있다. 사람들은 깊은 잠에 빠져 있는 것 같다.

또 다시 늑대 울음소리가 들려온다. 좀 더 가까이에서 들린다. 한 마리가 아닌 것 같다. 늑대 울음소리인지 다른 짐승의 울음소리인지 알 수 없다. 이 일병은 두려움에 오금이 저린다. 주저앉을 것만 같다. 혹시라도 굶주린 짐승이라면…… 이 일병은 온 힘을 다해 허우적거린다. 아이가 자꾸만 밑으로 쳐진다. 눈 밑의 땅이 고르지 않다. 높은 곳도 있고 깊은 곳도 있다. 논인지 밭인지 도랑인지 둑인지 알 수 없다. 이 일병은 눈밭에 넘어지고 다시 일어난다. '힘을 내봐. 우리는 험한 세상을 따뜻하게 품어주러 온 거야.' 얼굴로 차갑게 달려드는 눈이 말해주는 것 같다. 아이가 '애애애' 하고 다시 운다. 이 일병은 손으로 아이의 입을 막는다. 아이가 소스라치며 작은 손으로 이 일병의 옷자락을 잡고 매달린다. 이 일병은 깜짝 놀란다. 죽음의 세계에서 빠져나오려는 몸부림 같기 때문이다. 이 일병은 아이를 가슴에 보듬어 안는다.

등에 멘 무전기가 자꾸만 이 일병을 찍어 눌렀다. 이 일병은 무전기를 벗어던지려 한다. 그러나 무전기는 이 일병과 한 몸으로 얼어붙은 듯 꼼짝도 하지 않는다. '군인의 사명을 다하기 위해 장비는 끝까지 지켜야 한다.'고 버티는 것 같다. 몸속의 아버지 명령 같기도 하다. 이 일병은 아이와 무전기를 추스르며 한 발 한 발 더디게 걸음을 옮긴다. 눈에서 발을 빼는 것도 어렵다. 이 일병은 몸속의 아버지에게 소리친다. '힘을 주세요! 아버지. 힘을 주세요. 아버지!' 코피가 터진다. 양쪽 코에서 피가 줄줄 흘러 아이의 얼굴에 떨어진다. 아이가 눈을 번쩍 뜨고 울음을 터트린다. 이 일병은 그 자리에 주저앉아 아이의 우는 입에 코피를 넣어준다. 아이가 급한 호흡을 거듭하며 피를 받아 마신다. 이 일병은 이래도 되는지 모르지만 허기져 죽어가는 아이에게 피라도 먹여야 될 것 같다. 줄줄 흐르는 피가 아이의 입으로 들어간다. 아이가 꿀꺽 꿀꺽 잘도 받아 마신다.

늑대 울음소리가 다시 들린다. 좀 더 가까이다. 이 일병은 일어나려고 허둥댄다. 하지만 몸은 꿈쩍하지 않는다. 울음소리는 앞에서 들리는 것 같기도 하고 뒤에서 들리는 것 같기도 하다. 이 일병은 안간힘을 다해 일어나려고 한다. 굶주린 짐승이 피 냄새를 맡으면 큰일이다. 그러나 온 몸이 눈 속에 파묻힌 듯 꼼짝도 할 수 없다. 이 일병은 점점 가까이 다가오는 소리에 정신을 차릴 수가 없다. '우워어어어'하는 소리 같기도 하고 '이일벼어어엉'하는 소리 같기도 하다. 이 일병은 정신을 차리려 애쓴다. 호랑이에게 물려가도 정신만 차리면

산다고 했다. 짐승 울음소리가 좀 더 가까이 다가온다. 이번에는 '우우워어 우워어어'하는 것 같기도 하다. '이이일구우우 이이일구우우' 하는 소리 같기도 하다. 그러나 이 일병은 혼미해지는 정신에 끌려 어딘가로 자꾸만 간다. 아늑한 곳이다. 어디선가 아빠! 아빠! 하고 부르는 소리가 들린다. 하얗게 뻗어 내려간 비탈길 밑이다. 저만치 바닥에서 아이가 울고 있다. 이 추운 겨울에! 이 일병은 아이를 구해야 한다는 일념으로 허겁지겁 내려간다. 그러나 그곳에는 하얀 눈 위에 작고 빨간 꽃 한 송이만 피어 있다.

영감호 씨의 행운

아파트 사람들이 잡초를 보고도 무심히 지나가듯이
세상 사람들의 무관심 속에 사회 깊이 뿌리를 내리고 있었다.
영감호 씨는 그들을 제거해야 된다고 생각했다.

영감호(靈感昊) 씨는 몸이 기우뚱하는 것을 느꼈다.

한순간의 일이다. 몸이 뒤로 넘어가고 있다. 정신이 혼돈 속으로 빨려 들어가고 있는 것 같다. 영원 속에 있는 어느 지점인지 모른다. 정신이 순식간에 날아가 도착한 곳이다. 전쟁이 벌어지고 있다. 불화살이 날아다니고 창과 칼이 부딪쳐 불꽃이 튄다.

영감호 씨는 번쩍 정신을 차린다. 눈앞에 허공이 보인다. 허공 속에 영원(永遠)이 있는 것 같다. 정신이 또 다시 그곳으로 들어가려 한다. 영감호 씨는 정신을 꽉 붙잡는다. 두 손 안에 꽉 움켜쥐고 있는 쑥대가 있다. 쑥대들 중 제일 큰놈이다. 그놈을 두 손으로 잡고 힘껏 잡아당겼었다. 축대 위에 있는 대학의 철조망 경계 바로 밖에 뿌리를 내린 쑥대들 중에 제일 큰 놈이었다. 쑥대들이 무리를 이루어 철쭉나무들에게 갈 햇빛을 모두 갈취하고 있었다. 철쭉나무들이 고사할 지경이었다. 영감호 씨는 그놈을 제거하지 않고 배길 수 없었다. 자신이 번영을 누리고자 세상에 정의롭게 사는 생명들의 생존권을 빼앗는 짓거리를 그냥 두고 볼 수 없었다. 곁가지들을 무수히 뻗은 대장 쑥대는 졸개 쑥대들까지 줄줄이 데리고 위용을 자랑하고 있었다.

처음에는 안전을 확보하고 쑥대에 도전했다. 영감호 씨도 높은 곳에서 뒤로 넘어지면 머리가 깨질 것이라는 것을 알고 있었다. 회사에서 안전교육을 받았기 때문이었다. 회사가 위험한 작업을 하는 공장이기 때문에 안전교육은 철저했다. 축대도 높이가 삼사 미터쯤 되었다. 영감호 씨는 바윗돌 축대를 요리조리 밟고 올라가 한 손으로 축대의 돌을 단단히 잡고 한 손으로 잡아당기기를 반복했다. 그러나 쑥대는 완강했다. 밑둥치의 굵기가 어른의 손가락 정도 되는 놈이었다. 영감호 씨는 그래도 며칠 전에 비가 흠뻑 내려 쉽게 뽑힐 줄 알았다. 그러나 그게 아니었다. 위세가 대단한 놈이었다. 줄줄이 붙어 있는 졸개 쑥대들이 호위하고 있는 놈이었다. 그러나 영감호 씨도 포기할 수 없었다. 강적인 사장과 임원들의 비리를 파헤쳐 단죄하려던 영감호 씨였다. 영감호 씨는 한순간 '너 같은 것이……'하는 생각에 두 손으로 쑥대를 잡고 바윗돌에 디딘 발에 힘을 주며 힘껏 잡아당겼다. 쑥대가 쑤욱 하고 뽑혀 나왔다. 그와 동시에 축대에 붙어 있던 몸이 축대와 각도를 벌이기 시작했다. 큰일을 도모하고 있을 밑바닥과의 각도를 좁혀가고 있는 것이다. 속수무책이었다. 영감호 씨는 손에 들려 있는 쑥대를 잽싸게 버리고 상체를 지탱해줄 무엇인가를 잡으려 했다. 하지만 넘어가는 속도가 너무나 빨랐다. 몸이 순식간에 축대에서 멀어지며 잡을 것들과의 거리를 벌려놓았다. 머리로부터 대략 사 미터 아래로는 아스팔트 도로다. 축대의 바윗돌을 밟으며 올라온 높이를 짐작하면 알 수 있다. 귓바퀴를 지나가는 공기의 속도가 빨라진다. 머릿속으로 고향에 있는 아버지, 어머니의 모습이 지나간다. '얘야! 정신 차려라. 정신을 놓치면 죽는다!'하고 다급하게 손을 내젓고 있는 것 같다.

영감호 씨에게 삶의 모든 것을 걸고 있는 두 분이다. 영감호 씨만 행복하게 잘 살면, 그래서 손자만 하나 안겨준다면 세상에 바랄 것이 없는 분들이었다. 손이 귀한 가난한 집안의 외동아들이기 때문이었다. 요즈음 들어 부쩍 전화를 걸어 결혼은 언제 할 거냐고, 빨리 선을 보러 내려오라고 성화를 부렸다. 대를 이을 오직 하나뿐인 아들이었다. 큰아버지에게는 딸만 다섯이었다. 영감호 씨의 아버지도 딸만 내리 다섯을 낳고 끝으로 영감호 씨를 낳았다. 집안의 경사였다. 사촌누나고 친누나고 초등학교 또는 중학교, 공부를 특별하게 잘 해야 고등학교를 나왔지만 영감호 씨는 대학을 나왔다. 그것도 서울에 있는 대학이었다. 벽촌의 작은 동네에서 전에 없던 일이었다. 학비는 아버지와 큰아버지가 힘을 합쳐서 대주었다.

영감호 씨는 나이도 서른여섯이다. 결혼할 여자도 있다. 서른 살의 미스 민이다. 중학교 국어 선생인 아가씨다. 사귄지도 삼 년이 넘었다. 돈을 모아 작은 아파트라도 장만하고 결혼할 참이었다. 그러나 돈이 쉽게 모여지지 않았다. 미스 민은 봉급을 통째로 자신을 길러준 의붓어머니에게 바치고 영감호 씨는 가난한 시골집에 대주느라 돈을 모으기가 여의치 않았다. 그래도 가을에는 결혼을 하리라 마음먹고 있었다. 그 가을이 얼마 남지 않은 시점이었다. 영감호 씨는 아들을 원하는 아버지의 소원을 들어주자고 미스 민과 약속까지 했었다. 그랬는데, 미스 민이 마음을 바꾸었다. 영감호 씨가 회사에서 떨려나자 이런저런 핑계로 만나주지 않더니 절교를 선언하고 돌아섰다. 모두가 돈만 아는 썩어빠진 사회 풍토 때문이고 사리사욕에 눈이 먼 사장과 감사 때문이었다. 영감호 씨는 사장과 감사에게 정면으로 대들어 썩어가는 회사를 정화하리라 마음먹었다. 그러나 일도 도모하기 전에 먼저 해고되고 말았다. 그러므로 이대로 떨어져 죽으면 안 된다. 비리를 터트려 세상에 경종을 울려야 한다. 그런데 이렇게 속수무책으로 떨어지고 있다니…… 떨어지고 있다니……. 머리와 상체는 계속 뒤로 넘어가고 있는 중이다. 영감호 씨는 다급하다. 머리가 박살나 죽을지도 모르기 때문이다. 어떻게든 살아야 한다. 하지만 어떻게 해야 좋을까? 아무리 둘러봐도 잡을 것 하나 없는 허공중이다. 허공이 얼마나 넓고 깊은지 알 수 없다. 허공은 다른 것을 막지 않고 다른 것에 의해 막히지도 않는 공간이라고 했다. 불법(佛法)에서는 사물과 마음의 근원이라고도 했다. 영감호 씨가 읽은 불가서에서 보았다. 몸과 정신이 그런 허공중에 내맡겨져 있다.

도로와의 각도가 좁아지면서 속도는 더욱 빨라지고 있다. 가속도가 붙는 모양이다. 발은 여전히 축대 바위에 붙어 있고 상체만 가속도에 끌려가고 있다. 머리가 도로바닥을 향해 돌진하고 있는 형국이다. 머리가 제일 먼저 아스팔트 바닥에 부딪친다면……? 영감호 씨는 정신이 번쩍 든다. 분명히 머리가 수박처럼 깨질 것이다. 영감호 씨는 이대로 죽을 수 없다는 생각만 거듭한다. 속도는 시시각각 빨라지고 있다.

도로와의 각도가 130도쯤인지 120도쯤인지 모른다. 그쯤에서 정신을 잃어버렸기 때문이다. 몸만 계속 넘어가고 있다. 단단히 붙잡고 있던 정신은 빠른 속도로 어딘가로 끌려가고 있다. 사람이 이렇게 짧은 순간에 정신을 잃을 수 있는 것인지 정신을 잃은 영감호 씨는 모른다. 물론 자신의 몸이 계속 뒤로 넘어가고 있다는 것도 까마득히 모르고 있다.

몸에서 빠져나간 정신은 까마득히 먼 곳으로 가 있다. 영감호 씨가 시간만 나면 되돌려 보았던 DVD의 전쟁터 같다. 보이는 것은 어두운 바다고, 밤바다에서는 나팔 소리가 어지럽게 울리고 칼과 칼이 부딪치고 칼과 창이 부딪혀 튀는 불꽃들이 밤하늘의 별빛처럼 번쩍이고 있다. 살육전이 치열하게 벌어지고 있는 전쟁터의 한복판이다. 정신은 어느새 이순신 장군 휘하의 군관이 되어 있다. 백의에 청포를 조여 입고 검은 전립을 쓴 늠름한 영감호 군관이다. 밤바다에는 불화살이 나르고 조총 소리가 콩 볶듯 튀고 거북선이 적군 진영을 휘젓고 있다. 거북선에서 천자총통이 불을 품고 배와 배가 부딪친다. 북소리가 울리고 함성이 요란하다. 앞머리가 부서진 일본의 지휘선은 멀리 도망가지 못한다. 이순신 장군이 갈고리 밧줄을 던지라고 명령한다. 일본 놈들을 한 놈도 살려 보내지 말라는 호령이다. 장군의 지휘선인 판옥선에서 즉시 갈고리 밧줄이 던져졌고 뒤이어 나무판 가교가 일본군의 지휘선에 걸쳐진다. 영감호 군관은 긴 창을 꼬나 쥐고 제일 먼저 가교를 건너간다. 수군들이 뒤이어 넘어온다. 적선 한가운데서 칼과 칼이 부딪치는 살육전이 벌어진다. 어둠이 깊은 밤이다.

왜놈의 장수가 지휘갑판 높이에서 칼을 휘두르며 소리치고 있다. 이순신 장군을 살해하려고 자객을 두 번씩이나 보낸 놈이다. 영감호 군관은 지휘 갑판으로 재빠르게 올라서 긴 창을 그놈의 가슴에 찔러 넣었다. 창은 '쑤욱'하고 그놈의 가슴에 깊이 들어간다. 너무 깊이 찔러 넣었던 것일까? 창은 찌르는 순간 잽싸게 뽑아야 되는데 선무당처럼 설치는 놈을 보는 순간 너무나 흥분했던 모양이다. 왜군의 졸개들이 달려들고 있다. 영감호 군관은 다급하다. 창을 빨리 뽑아 적과 대항해야 한다. 영감호 군관은 발에 힘을 주고 두 손으로 창을 힘껏 당긴다. 그 순간 몸이 상갑판에서 하갑판으로 원을 그리며 빠르게 넘어가기 시작한다. 한없이 깊은 허공이다. 아우성 소리가 귀에 쟁쟁하다. 과거와 현재가 공존하고 비현실과 현실이 구별되지 않는다. 혼돈의 세계다. 심적 에너지의 원천이고 저장고이며 욕망이 살고 있는 무의식의 세계인지 모른다.

영감호 씨는 낮이고 밤이고 시간만 있으면 '불멸의 이순신'을 보았다. 정의로 마음을 다지고 강한 정신을 키우기 위해서였다. 그러려면 이순신 장군의 올바른 정신을 이어받아야 했다. 작금의 회사는 이순신장군의 시대와 별반 다르지 않았다. 연일 계속되는 일들을 보면 속이 뒤집힐 지경이었다. 누구하나 이순신 장군처럼 올바른 마음을 가진 사람이 없었다. 안일하고 무능한데다 개인의 영달에 수단과 방법을 가리지 않는 사람들뿐이었다. 방송에 나오는 뉴스도 그랬다. 여기저기에 뇌물을 뿌리고 국책사업을 따내 막대한 나라 돈을 횡령한 회장은 TV인터뷰에 나와 억울하다고 눈물을 흘렸고 그가 가지고 있는 리스트에 적힌 권력자들은 하나 같이 뇌물을 받은 적이 없다고 딱 잡아뗐다. 탐관오리들이 백성의 재물을 착취해 축적했던 임진왜란 전의 조선과 다를 바가 없었다. 회사에서도 부정한 방법으로 돈을 그러모으고 부정을 감추기 위해 돈을 상납하는 일이 비일비재했다. 임원과 부장들까지도 그에 합세했다. 영감호 씨는 사회의 부조리는 어찌할 수 없어도 회사에 만연한 비리와 부정만은 뿌리를 뽑고 싶었다. 검사역 과장으로 주어진 직책때문이기도 했지만 영(靈) 씨 집안의 피가 그들을 용납할 수 없게 했다. 선조 대대로 아무리 가난해도 부정과 비리에 야합하지 않은 혈통이었다.

회사는 주인이 나라인 국영기업이었다. 국가에서 막대한 예산을 들여 최신형 전투 장비들을 개발하고 제작하는 업체였다. 사장과 임원들은 대부분 낙하산을 타고 왔다. 임기를 채우고 가거나 임기를 더 늘리려고 온갖 수단을 다 썼다. 부임한 사장과 임원들은 직원들을 자기편으로 끌어드리기에 바쁘고 돈을 끌어 모으기에 바쁘고 그렇게 있다 나가면 새로 온 임원이 또 줄 세우기를 했다. 사장은 조달부서장을 자기 사람으로 바꾸고 전투장비의 부품을 회사에서 정한 기준에 부합하는 업체들에게 공개경쟁입찰 하도록 되어 있음에도 대부분 수의계약으로 바꾸어 자신의 입맛에 맞는 업체를 끌어들이도록 했다. 회사의 기준에 맞지 않는 업체들이었다. 계약금액도 경쟁 입찰에 비해 고가였다. 계약 업체가 그 중 일부를 사장에게 상납한다는 소문이 돌았다. 조달부서 부장이나 과장에게 떡값을 준다고도 했다. 방만한 경영에 본래의 목적인 신무기 개발과 제작은 지지부진했다. 적자도 늘어갔다. 부족한 돈은 정부가 메꾸어주는 상황이었다. 그런 와중에도 임원들 특히 인사 담당 임원은 돈을 받고 과장과 부장을 승진시켰다. 회사에 공공연하게 나도는 소문이었다. 그동안 쌓아온 기술이나 업무 노하우에 관계없는 인사가 다반사였다. 직원들은 승진과 출세를 위해 이리저리 옮겨 다녔다. 영감호 씨는 어느 줄에도 서지 못했다. 정직하고 고지식하다고 모두 따돌렸다. 결국은 검사역실까지 밀려났다. 누구나 가기 싫어하는 자리였다. 조직에서 밀려나는 사람이나 가는 자리였다. 일을 잘하면 타부서(특히 피감 부서) 사람들에게 미움을 사고 일을 못하면 무능하다는 낙인이 찍혔다. 그러나 영감호 씨는 개의치 않고 직무를 성실히 수행했다. 입찰 비리와 인사 비리를 캐내어 조목조목 작성해 감사보고서를 올렸다. 한 점의 사심도 반항심도 없었다. 오직 회사와 국가를 위한 충정이었다. 그랬는데, 결재를 받는 과정에서 검사역 실장과 밀고 당기기를 하며 언쟁을 했다. 실장은 회계감사 보고서만 올리고 부품계약과 인사 관련 감사 결과는 빼라고 했다. 회계부서 감사에서는 감가상각비 계산 오류와 일부 영수증 누락 등 몇 가지의 문제점만 드러났다. 시정 및 주의조치로 끝날 문제였다. 정작 큰 문제는 납품비리와 인사비리였다. 회사에 큰 손실을 끼치는 것은 물론 국가를 방위해야할 전투장비에 심각한 오류를 범할 수도 있는 문제였다. 영감호 씨는 실장의 지시를 받아들일 수 없었다. 실장은 감사보고서를 두고 가라고 했다. 그리고 이튿날 출근하니 검사역실에 있어야할 책상이 없었다. 실장이 뜨악한 얼굴로 신용협동조합 매점 사무실에 가보라고 했다. 영감호 씨는 무슨 말인가 싶어 기둥처럼 서있었다. 그러자 실장이 싸늘하게 내뱉었다.

"감사님의 지시야."

실장은 사무실을 나갔다. 동료직원들만 안 됐다는 얼굴로 바라보았다. 옆 자리에 앉아 있던 기술계 이 과장이 말했다.

"그러니까 감사를 정도껏 하지."

위로하는 말 같았다. 영감호 씨는 그제야 돌아가는 상황을 알아차렸다. 그러나 실장까지 윗선을 비호하고 있는 줄은 몰랐다.

매점 사무실에 가보니 출입문 옆에 책상과 의자만 덩그러니 놓여 있었다. 업무에 쓰던 컴퓨터도 사무집기도 놓여 있지 않았다. 안쪽으로 앉아 있는 여직원 두 명이 눈을 둥그렇게 뜨고 쳐다보았다. 감사를 하려고 아예 책상까지 옮겨온 것으로 생각하는 것 같았다. 그러나 신용협동조합은 회사와 별도 회계고 정기 감사도 하지 않았다. 어쩌다 큰 문제가 있을 때만 조사하는 수준이었다.

영감호 씨는 억울하고 분했다. 왜 이런 취급을 당해야 하는지 알 수 없었다. 영감호 씨는 생각다 못해 감사의 방문을 노크했다. 넓은 방 저만치 큰 테이블 뒤에 등받이 높은 의자에 앉아 있는 감사의 얼굴빛이 싸늘했다.

"감사님! 영감홉니다."

"그래 뭔가?"

감사는 장성 출신다운 태도 그대로 위엄을 부렸다. 영감호 씨도 마음을 단단히 먹었다.

"제가 왜 업무에서 제외되어야 하는지요? 감사님! 그것을 알고 싶어 왔습니다."

"자네가 그것을 모르다니."

감사가 한심하다는 듯이 말했다.

"예. 감사님. 저는 열심히 일했을 뿐입니다."

"열심히 일했다고? 자네는 업무 태만에 직무유기야. 그래도 모르겠나?"

감사가 목소리를 높였다. 영감호 씨는 어의가 없었다.

"모르겠습니다. 감사님!"

"멍청한 친구. 적이 쳐들어올 때는 숨어 있다가 고지를 다 점령당한 후에 총을 들고 나오면 온전할 것 같은가?"

감사가 비웃는 듯이 말했다. 엉뚱한 말이었다. 무엇에 대한 비유인지 알 수 없었다.

"그게 무슨 말씀이신지요?

"입찰 계약 때 자네가 입회하지 않았나?"

"예. 감사님!"

"그때는 아무런 의견 제시 없이 입회 사인을 하고 이제 와서 문제를 제기하면 어쩌자는 것인가? 뒷북을 쳐도 유분수지. 그래도 직무유기 아닌가?"

감사는 팽팽하고 번지르르한 얼굴에 묘한 표정을 지었다.

"감사님. 계약 입회 때는 세부 내용은 알 수 없습니다. 조달부서에서 작성한 계약서를 검사역실에 사전에 넘겨주지도 않고요. 검사역실의 입회는 계약이 정상적으로 이루어지는지 확인하는 절차입니다."

영감호 씨는 한심스러웠다. 감사가 검사역실의 업무를 제대로 알고 하는 말인지 의심스러웠다.

"그런데 그때는 왜 자네가 몰랐느냐 말이야!"

감사가 벌컥 화를 냈다. 대화가 통하지 않았다. 영감호 씨도 화가 났다. 책상을 치며 감사와 맞싸움 하고 싶었다. 그러나 그럴 수는 없었다.

"계약의 문제점은 사후 감사에서 드러나는 것입니다. 감사님."

영감호 씨는 조용히 설명했다.

"영 과장! 나가서 자숙하고 있게."

감사가 의자를 돌려 돌아앉았다. 영감호 씨도 더 이상 할 말이 없었다. 말해봤자 바위에 계란 치기일 뿐이었다.

매점 사무실의 여직원도 처음 날과는 달리 뜨악한 얼굴로 쳐다보았다. 얕보고 무시하는 것 같았다. 매점을 드나드는 직원들도 수군거리며 지나갔다. 실장은 아무런 업무도 주지 않았고 전화 한 번 하지 않았다. 없는 사람으로 취급하는 것 같았다. 그래도 검사역 과장이었다. 영감호 씨는 실장에게 찾아가 감사보고서를 달라고 했다. 다시 고치겠다는 이유였다. 그러나 영감호 씨는 다른 생각을 했다. 그러나 다음 날 영감호 씨는 해고 통지를 받았다. 이유는 직무유기에 항명으로 회사 기강을 어지럽혔다는 것이었다.

한 사람의 비분강개만으로 세상이 달라지지는 않는다. 회사도 마찬가지다. 영감호 씨도 그걸 잘 알았다. 부패의 뿌리를 파내야 했다. 영감호 씨는 그것을 위해 약한 마음을 다져야 했다. 운동으로 근육을 만들 듯이 마음의 차곡차곡 다져 의지를 굳혀야 했다. 해고를 당한 복수심이 아니라 사회정의를 위한 굳은 마음으로 무장해야 했다. 그러기 위해 영감호 씨는 불멸의 이순신을 보았다. 억울한 누명을 쓰고 옥살이를 하다 백의종군한 이순신 장군이었다. 패전에 부서지고 남은 십삼 척의 전선으로 울돌목에서 맞은 왜선 백삼십삼 척을 괴멸시킨 장군이었다. 영감호 씨는 이순신 장군의 기개와 충정어린 마음을 본받아야 했다. 이순신 장군의 정신과 지략을 전수받아야했다. 할 수만 있다면 이순신 장군과 계획하고 있는 테러에 대해 상의하고 싶었다. 그러기 위해 영감호 씨는 매일 밤 불멸의 이순신을 보았다. 허락을 받고 싶었다.

불멸의 이순신은 한 시간 방영시간으로 106회나 되는 긴 연속극이었다. 영감호 씨는 DVD를 구하기 위해 온 시내를 뒤지고 다녔다. 2005년 말과 2006년 여름에 나온 DVD는 나온 지 10년 가까이 되어 찾기 힘들었다. 영감호 씨는 시내 CD판매점과 골동품 매점, 서점과 헌책방을 뒤져 중고 DVD하나를 찾아냈다. 십오 대 선조를 만나는 기분이었다. 가슴에 새겨져 있는 선조 할아버지였다.

영감호 씨가 불멸의 이순신을 보는 데는 또 하나의 이유가 있었다. 금령(金靈) 영(靈) 씨의 피를 한 번 더 확인하고 싶기 때문이었다. 자신의 몸에도 흐르고 있는 영 씨 가문의 피다. 영감호 씨는 문중의 시제(時祭)에 갈 때마다 아저씨들이 말하는 선조들의 이야기를 들었다. 그중에서도 십오 대 선조(先祖) 영명인(靈明仁) 할아버지와 영명륜(靈明倫) 할아버지의 이야기는 영감호 씨에게 자부심을 느끼게 했다. 두 분은 임진왜란이 터지자 이순신 장군의 휘하에 들어갔고, 이순신 장군과 함께 수많은 전투에서 왜적을 물리치고 가문을 빛냈다. 영명인 할아버지는 전투에서 많은 공을 세워 여도만호(呂島萬戶)가 되기도 했다.

영감호 씨는 밤마다 불멸의 이순신을 보고 또 보았다. 그리고 새벽에 일찍 일어나 산책을 나갔다. 정신과 신체를 굳건하게 가꾸기 위해서였다. 회사를 나오니 할 일도 없었다. 봉선동 입구에는 옥탑방이 딸려 있는 연립주택들이 많다. 옥탑 방을 나서면 완만하게 경사를 이루며 백여 미터 가량 봉성산으로 올라가는 도로가 있다. 중앙선이 없는 도로를 따라 왼쪽으로는 2000여 세대의 아파트 단지가 있고 오른쪽으로는 삼사 미터 정도 높이의 축대 위에 대학교 캠퍼스가 있다. 축대는 크고 작은 바윗돌을 섞어서 쌓은 것이고 돌 틈 사이에 철쭉을 심어 놓아 사오월이면 꽃이 장관을 이루었다. 백여 미터의 꽃밭에 핀 분홍 빨강 하양 주황색의 꽃들이 어우러진 축대는 아파트 단지에 사는 사람들의 꽃동산이고 호사 판이었다. 그러나 철쭉나무를 뒤덮는 잡초를 뽑아주는 사람은 아무도 없었다. 새벽같이 돌담길을 따라 봉성산으로 산책하는 아파트 사람들은 많았지만 누구 하나 잡초에 뒤덮인 철쭉나무에 관심을 가지지 않았다. 영감호 씨만 잡초를 뽑았다. 잡초들은 6월이 되면서부터 본격적으로 철쭉나무를 뒤덮기 시작했고 칠팔 월이 되면 완전히 뒤덮어 철쭉나무들이 보이지 않을 지경이었다.

다음 해에도 아름다운 꽃을 피울 철쭉나무였다. 잡초가 제거된 곳은 철쭉나무들이 햇빛을 받아 싱싱한 자태를 자랑했다. 보기에 참 좋았다. 오순도순 살아온 조선의 선량한 백성들 같았다. 감개무량한 영감호 씨는 매일 이 미터 또는 삼 미터씩 잡초를 제거해나갔다. 불멸의 이순신에서 치열한 전투가 있는 날은 더욱 악착같이 잡초와 싸웠다. 잡초들이 조선 민초들을 침탈하는 일본 병졸들로 보였기 때문이었다. 줄기를 한없이 뻗어 내려오며 넓은 잎으로 철쭉나무를 온통 뒤덮는 담쟁이넝쿨, 뿌리를 땅속으로 뻗어나가며 수없이 번창하는 쑥대, 키 큰 명아주, 돌피, 방동사니, 뚝새풀, 바람하늘지기, 바랭이, 반하 등 수많은 잡초들이었다. 그중에도 담쟁이넝쿨과 쑥대는 강적이었다. 돌 축대 위 철망 울타리 안에 뿌리를 두고 이리저리 가지를 치며 뻗어 내려오는 담쟁이넝쿨들의 굵은 줄기는 밑에서 아무리 잡아당겨도 끊어지지 않았다. 영감호 씨는 휴대용 칼을 들고 나와 줄기를 자르기 시작했다. 손이 닿지 않는 곳은 축대의 돌을 타고 올라가 잘라냈다. 잘라낸 담쟁이넝쿨들이 도로가에 오합지졸로 널브러졌다. 바다에 널브러진 왜선의 잔해와 죽어서 떠다니는 왜병들 같았다. 영감호 씨는 통쾌했다.

그렇게 한 달여 간, 백여 미터 길이의 돌 축대에 무성하던 잡초들이 거의 다 뽑혀나갔다. 남은 곳은 오륙 미터 정도였다. 잡초가 모두 제거된 축대는 오로지 철쭉나무들만으로 정갈했다. 영감호 씨는 마음이 후련했다. 사장과 감사를 포함한 사회에 만연해 있는 잡초 같은 인간들을 제거한 기분이었다. 겉만 멀쩡하고 속이 더러운 사람들이 오히려 축대 위의 잡초처럼 번성하는 세상이었다. 아파트 사람들이 잡초를 보고도 무심히 지나가듯이 세상 사람들의 무관심 속에 사회 깊이 뿌리를 내리고 있었다. 영감호 씨는 그들을 제거해야 된다고 생각했다. 사장과 감사가 본보기였다.

하지만 영감호 씨는 계속 추락하고 있는 중이다. 추락하면서도 자신이 추락하고 있는 줄을 모르고 있다. 몸만 축대 바위에 자석처럼 붙어 있는 두 발을 축으로 시시각각 원을 그리며 넘어가고 있다. 머리가 부정과 부패가 판을 치는 세상으로 시시각각 끌려가고 있는 형국이다. 정신은 그들과 싸우고 있다. 넘어가는 속도가 더욱 빨라지며 싸움은 더욱 치열해진다. 전쟁의 아우성소리가 소용돌이치고 있다.

"영 군관! 그렇게 떨어지면 머리가 깨진다! 발을 차서 몸을 띄워라! 엉덩이부터 떨어져라!"

아우성 소리 속에서 누군가 외치는 소리가 들린다. 살육전을 벌리고 있는 갑판 위에서 누군가가 소리치는 것 같다. 위엄 있는 목소리가 이순신 장군의 호령 같기도 하다.

"발을 차서 뛰어라!"

청천벽력 같은 소리다. 순식간에 과거와 현재가 전도되고 정신과 몸이 합치되는 것 같다. 영감호 씨는 눈을 번쩍 뜬다. 푸른 허공이 끝없는 수렁 같이 다가온다. 허공이 밀어붙이고 바닥이 잡아끄는 것 같다. 속도는 점점 더 빠르게 변해가고 있다. 바닥과의 각도를 120도 110도 100도로 빠르게 좁혀가는 것 같다. 누군가의, 아니 이순신 장군의 목소리가 귓속에서 쟁쟁하게 울린다. 그 순간 영감호 씨는 발을 힘껏 차낸다. 몸이 공중으로 둥실 떠오르는 기분이 든다. 몸속 어디에 그런 힘이 있었는지 모를 지경이다. 얼마나 높고 깊은지 가늠할 수 없는 허공중에 몸이 떠 있다.

영감호 씨는 허공중에서 허덕이며 어떻게 하든 안전하게 떨어지는 방법을 찾으려 한다. 유도 낙법을 하듯 착지할 수도 있을 것이다. 발이 먼저 떨어지는 동시에 구르는 방법이다. 그러나 몸이 뜻대로 움직이지 않는다. 추락 속도만 빨라지고, 빨라지는 속도에 무방비인 몸속의 오감만 몸부림친다. 정신은 또 어디로 갔는지 머릿속이 텅 비어 있다. 육감만 얼마 있지 않으면 땅바닥에 내동댕이쳐질 속도를 감지하고 있다. 육감(肉感)이 정신을 애타게 불러댄다. 그러나 정신은 돌아오지 않는다. 빨라진 속도에 딸려 너무나 멀리까지 끌려갔는지 모른다. 몸만 살아날 방법을 찾으려고 허우적거리고 있다. 텅 빈 머릿속에는 백지 한 장만 날아다닌다. 하얀 날개처럼 바람을 타고 허공중 멀리 까마득하게 날아갔다 날아왔다 한다. 백지에는 무엇인가 씌어 있다. 하늘색의 푸른 글씨로 쓰여 있는 것이다. 염라대왕의 출두 명령서 같다.

그 사이 정신은 이순신 장군을 찾는다. 상황이 급박하다. 이순신 장군은 달 밝은 밤에 수루에 혼자 앉아 있다. 영감호 군관은 기회를 놓치지 않는다. 옥탑방의 일방대화(一方對話)에서 쌍방대화(雙方對話)를 할 수 있는 좋은 기회다. 영 군관은 장군 앞에 무릎을 꿇는다.

"장군! 세상이 이래서는 안 됩니다."

"……?"

장군이 무슨 말을 하는가 싶은 듯 영 군관을 넌지시 내려다본다.

"장군께서도 잘 아시지 않습니까? 내부의 부패와 무능이 더 무서운 적이라는 것을 말입니다."

"……!"

장군이 언뜻 반응을 보인다.

"장군! 사회를 개혁해야 됩니다. 나라는 선조임금 시대와 다를 바가 없습니다. 이러다가는 나라가 북쪽의 독재군주나 이웃 나라에게 또 다시 도륙 당할지 모릅니다. 지금의 한반도는 두 동강이 나서 북쪽에서는 세습해 내려온 30세의 새파란 군주가 핵과 새로운 무기를 개발하여 여차하면 남쪽을 침공할 태세입니다. 또한 주변국들도 날로 군비(軍備)를 강화하고 있습니다. 그런데도 나라 안에서는 안일에 빠져 당쟁과 사리사욕에 눈이 멀어 있습니다. 그러니 임진왜란이 일어나기 전과 무엇이 다르겠습니까?"

"……!?"

장군의 얼굴에 심각한 표정이 나타난다. 영 군관은 자신감이 생긴다.

"장군! 왜국은 아직까지도 한반도 침탈의 반성은커녕 독도 도발을 끊임없이 감행하고 있으며 다시금 군사대국으로 가기 위한 야욕을 버리지 않고 있습니다."

"으흠."

장군이 한숨을 토해낸다.

"형편이 그런데도 위정자들은 나라의 방위를 명나라에 의존했듯이 국방의 존엄한 책무는 미국이라는 바다 건너 대국에 의존한 채 당쟁으로 백성들을 우롱하고, 고위공직자들은 직위를 이용해 공금을 횡령하기에 눈이 멀어 있습니다."

"허허! 난세로고. 세월이 그만큼 흘렀는데도 변함이 없단 말인가?"

장군이 드디어 현실의 상황을 직시한 듯 감개한다. 420년의 간격이 좁혀지는 순간이다. 세월을 뛰어넘은 정신의 합치다. 영 군관은 감개무량하다.

"예. 그렇습니다. 장군! 저의 회사도 나라를 방위할 무기를 만드는 군수산업체로 정부나 군의 고위 관리들이 임명을 받고 내려와 운영

하는 국영기업입니다만, 사장과 임원들은 무기 개발은 안중에 없고 직위를 이용해 자신의 욕심만 챙기기에 급급하고 있습니다. 나라를 위해 그들을 도륙해야 되지 않겠습니까?"

"……!"

장군이 눈을 치켜뜬다. 동감의 신호인 것 같다.

"장군! 허락해주십시오."

영 군관은 머리를 조아린다.

"영 군관! 안 되느니라. 사회를 더 혼란스럽게 할 뿐이니라."

장군의 대답은 의외다.

"장군! 허락해주십시오."

영 군관은 다시 머리를 조아린다.

"사헌부(司憲府)나 사간원(司諫院) 같은 곳이 있지 않겠느냐. 상소를 올리도록 하여라."

장군이 위엄 있는 목소리로 말한다. 영 군관은 속이 차지 않다. 현세를 모르고 내리는 지시다.

"장군! 그래가지고는 뿌리 깊은 부조리를 뽑아낼 수 없습니다. 저도 상소를 올렸다 회사에서 쫓겨났습니다. 충격효과가 필요합니다."

영 군관은 다시 읍소한다.

"충격효과라니? 그래서 상관을 살해하겠다는 말인가! 그것은 인륜에도 어긋나는 일이다."

장군이 자리에서 벌떡 일어선다. 상심에 찬 모습이다. 더 이상 범

접할 수 없을 것 같다. 영 군관은 머나먼 거리감을 느낀다. 안타깝고 답답하다. 창이 깊숙이 들어간 왜장의 배처럼 시커먼 뱃속이 완전히 드러난 사장과 감사다. 장군의 허가만 떨어진다면 내일이라도 당장 테러를 감행할 수 있을 것이다. 아무리 권력의 포대기로 덮으려 해도 새싹이 두꺼운 땅껍질을 뚫고 올라오듯이 비집고 올라오는 비밀이 있다. 알 만한 사람은 알고 있는 사실을 영감호 씨만 모르고 있었다.

시내에서 기술계 검사역 이 과장을 만났을 때였다. 어떻게 지내는지 궁금해 찾아왔다고 했다.

"영 과장! 그것 몰랐나?"

비어홀에 앉아 생맥주를 한 잔 마신 이 과장이 말문을 열었다.

"무엇을……?"

"그래 가지고 무슨 비리를 파헤친다고. 알려면 확실하게 알아야지."

이 과장이 책망하듯 말했다. 결정적인 정보라도 주려는 사람 같았다.

"그래. 무엇을 몰랐다는 것인데?"

영감호 씨는 궁금했다. 아무래도 이 과장이 그냥 온 것 같지는 않았다.

"하기는 다 지난 이야기지만……."

"지나긴 뭐가 지나. 아직도 진행 중이야."

영감호 씨는 이 과장이 무슨 말을 하려는지 모르면서도 심중에 있던 말이 튀어나왔다.

"뭐가 진행 중인데?"

이 과장이 궁금한 듯이 물었다.

"아니. 그냥. 그건 나중에 알 일이고……. 하고 싶은 말이 뭐야?"

영감호 씨는 다그쳤다. 아무래도 중요한 정보가 나올 것 같았다.

"회사에 은연중에 돌고 있던 소문 말이야."

이 과장이 운을 떼었다.

"소문은 무슨 소문?"

영감호 씨는 조급했다.

"이 사람하고는…… 수의계약으로 부품을 납품하는 업체 말이야. 하나는 사장의 사촌동생의 것이고 다른 하나는 감사의 조카 것이라는 것 말이야."

이 과장이 작은 목소리로 정보를 털어놓았다. 영감호 씨는 저으기 놀랐다. 감사 때 서류만 파헤치느라 넓게 조사하지 못한 것 같다. 좀 더 일찍 알았더라면 감사 앞에서 그냥 나오지는 않았을 것이다. 득의만만하던 감사의 면전에 한 방 날리고 끝냈을 것이다. 영감호 씨는 아쉬웠다. 그러나 제거해야할 명분을 하나 더 얻은 셈이었다. 충격요법을 쓰기에 충분할 명분이다. 충격을 주지 않으면 꿈쩍도 하지 않는 요즘 세상이다. 자살한 어느 회사의 회장처럼, 온 나라가 발칵 뒤집

혀야 자성하는 목소리가 나올 것이다.

그러나 이순신 장군은 요지부동이다. 밤하늘에 떠 있는 달만 바라보고 있다. 봉당싸움에 어지러운 조정을 걱정하고 있는 것 같다. 영 군관은 군령이 지엄한 줄 알면서도 장군의 마음에 다시 읍소한다.

"장군! 인륜을 논할 가치도 못 되는 자들입니다. 제발 허락해주십시오."

"군관은 물러가 있거라!"

장군의 지엄한 목소리가 천둥소리 같다. 영 군관은 장군의 호령에 떠밀려 낭떠러지로 떨어지는 느낌이다. 장군의 모습도 보이지 않는다. 영 군관은 다급하게 뒤를 돌아본다. 허공중 밑으로 갑판의 바닥이 가까이 다가와 있다.

바닥에 가까울수록 추락 속도는 더욱 빨라진다. 몸에 붙은 가속도는 1초에 9,8m의 9,8m의 또 9,8m가 되어간다. 바다에서는 또 다시 전투가 한창이다. 속도가 빨라질수록 전쟁은 더욱 치열해진다. 영 군관은 어떻게 되어가는 상황인지 모른다. 과거와 현재가, 허공과 바닥이 전도되는 것 같았다. 혼돈과 혼란이 뒤섞인 전쟁의 한복판이다. 현자총통이 불을 품고 부서져가는 적선들이 발악적으로 우리 수군의 판옥선에 배를 붙이고 올라와 칼을 휘두른다. 칼과 칼이 부딪친다.

그 순간이다. 영감호 군관은 묵직한 것이 등에 깊숙이 꽂히는 느낌을 받는다.

"야 이 새끼야! 죽고 싶어? 아침 출근길에 웬 지랄이야!"

누군가가 악을 쓰는 소리가 들린다. 멀리 나가있던 정신이 한순간에 머릿속으로 들어온다. 영감호 씨는 눈을 번쩍 뜬다. 둘러보니 전쟁은 간 곳이 없이 없고 험악한 얼굴이 눈앞에 있다.

"죽고 싶으면 목을 매든가 약을 먹을 일이지. 누구 앞길 망치고 싶어!"

험악한 얼굴이 계속 지껄인다. 갑자기 돌아온 정신은 무엇이 어떻게 되어가는 지 알 수 없다. 얼떨떨하고 어리둥절할 뿐이다. 마치 오랜 동안 비어두었던 고향집에 돌아온 것 같은 기분이다. 몸이 누어있는 곳도 전선의 갑판이 아닌 아스팔트 도로다. 옆에 승용차 한 대가 바짝 다가와 있다. 이건 또 무슨 상황인가? 왜 승용차가 옆에 와 있고 왜 험악한 얼굴이 소리치고 있는가? 영감호 씨는 일어나려고 버둥거린다. 그러나 몸도 생각도 마음대로 움직여지지 않는다.

"어디 다친 데는 없습니까?"

험악한 얼굴이 그제야 부드럽게 말한다.

"죄송합니다. 형씨!"

영감호 씨는 무엇을 잘못했는지 모르면서 사죄한다.

"아. 알았습니다. 걸을만합니까?"

험악했던 얼굴이 부축해 일으켜주며 말한다.

"예. 괜찮습니다."

영감호 씨는 걸을 수 있을지 어쩔지도 모르면서 대답한다. 어쩌면 걸을 수 있을 것 같다.

"에잇 아침부터 재수 없어!"

험악했던 얼굴이 투덜대며 차로 올라가 거칠게 뒤로 빼더니 쏜살같이 아래로 내려간다. 영감호 씨는 그제야 팔로 허리를 받치며 천천히 걷는다. 허리가 무지근하게 아파온다. 손목도 아프다. 그러나 깨져 있을 줄 알았던 머리는 멀쩡하다. 영감호 씨는 참으로 다행이라는 생각이 든다. 일촉즉발의 상황에서 이렇게 살아 있으니 말이다. 허리와 왼쪽 손목만 무지근하게 아플 뿐 다른 곳은 이상이 없는 것 같다. 삼사 미터쯤의 공중에서 떨어졌는데……. 머리가 성한 것은 물론 달려오던 자동차까지 바로 앞에서 멈추었다. 그런데, 발을 굴러 뛰라고 소리친 사람은 누구인가? 영감호 씨는 의심스럽다. 아니, 놀랍다. 생각지도 못했던 방법이다. 이순신 장군이 정말로 그렇게 소리쳤단 말인가? 영감호 씨는 이순신 장군을 떠올린다. 조금 전에 만났던 사람처럼 얼굴 모습이 뚜렷하게 떠오른다. 사헌부나 사간원에 상소를 올리라는 말도 생생하다.

참으로 이상하다. 인간의 내부에 자신이 모르고 있는 비밀 통로가 있는 것일까? 먼 세대와 연결된 통로가…….

영감호 씨는 이순신 장군이 말한 대로 감사원에 제보하리라 생각한다. 감사보고서에 이 과장이 전해준 정보를 더하여. 옥탑 방이 멀지 않다. 허리가 더욱 아파온다. 걷기가 점점 힘들어진다.

달밤

낡은 건물들이 헐린 자리에 높고 큰 빌딩들이 들어서고
아파트 단지며 상업지구들이 도시외곽으로 급속히 번져나갔다.
밤이면 도시 전체가 불야성을 이루는 불빛에
하늘의 달은 어디에 있는지도 모른다.

"이집 마당에 꿀단지라도 묻어 놓은 겨?"

"아니. 꿀단지 보다 더 존(좋은) 것이 있다는 디."

"꿀단지보다 더 존 것이 뭣이여?"

"몰러. 나도 들었응께."

"크 크 크 호 호 호"

작은 초가집에 마당만 넓은 금옥이네 집 마당이 오늘도 여자들의 수다로 시끌벅적하다. 무슨 비밀이 숨겨있는지, 여자들은 남보다 늦으면 손해라도 볼세라 저녁밥만 먹으면 부리나케 모여 들곤 한다. 마당 동쪽 옆으로 조그만 둔덕에 나이가 오백 년이나 되었다는 팽나무가 우람하게 서있고 남쪽으로는 멀리 산맥이 아스라이 가로질러가는 곳까지 넓은 들판이 시원스럽게 내려다보이는 마당이다.

마당 가운데에 넓은 멍석이 깔려있고 한쪽으로 쑥대가 봉분처럼 쌓여있는 곳에서 하얀 연기가 푸짐하게 올라오고 있다. 금옥이 아버지가 저녁나절에 한 지게 베어놓고 간 쑥대무더기다. 한낮에 뜨거웠던 공기도 들판에서 불어오는 바람에 쫓기어간 마당에는 팽나무의 말매미들과 아카시아 숲속 여치들의 합창소리가 요란하다. 이맘때쯤이면 한낮의 땡볕에 달구어졌던 마음들이 모습을 드러내는지 금옥이네 마당에 모여든 여자들의 호기심과 욕심이 부풀어가고 있다.

마당 위에 높이 떠 있는 둥근 달이 빙그레 웃고 있는 것 같다. 터무니없는 욕심을 드러내고 있는 여자들의 수다 때문일까? 지구가 태양의 둘레를 돌고 달이 그 지구의 둘레를 돌고 있는 것처럼 세상의 이치는 변하지 않는 것을 알고 있는 달이다. 보름과 그믐 그리고 밤과 낮, 바다의 간조와 만조, 여자들의 생리 주기도 조절한다. 세상을 두루 안 내려다본 곳이 없다. 그러므로 세상에서 은밀히 이루어지고 있는 일까지 알고 있는 달은 오늘도 마을에 퍼져나가고 있는 소문과 호기심에 마음이 부풀은 여자들에게 진실을 말해주고 싶어 일찍부터 금옥이네 마당에 찾아왔는지 모른다. 하지만 여자들은 달에 관심이 없다.

"아, 꿀단지보다 존 것이 뭐냥께?"

"소문도 못 들었는감?"

"그것이 참말이여?"

"그러니께 금옥이가……"

"그게 정말이래유?"

"그러니까 소문이 났겠지유."

"워따매! 월매나 좋것시유? 한여름 달밤에 시원하게 목욕재개하고……"

"영특한 아이도 만들고……"

"쉿! 근거도 없는 소리를……"

"아. 그렇지 않은감유."

여자들이 자기 생각대로 한바탕 말잔치를 벌인다. 귀에 솔깃하게 떠도는 소문에 마음이 들뜨는 모양이다. 여자들의 웃음소리에 마당가 고추밭에 숨어있던 쥐들이 놀라 부리나케 도망간다. 실하게 여물어가는 고추를 파먹느라 정신이 없던 쥐들이다. 그때를 놓치지 않고 대문간에 앉아있던 고양이가 재빠르게 내달리고 그늘이 짙은 고추밭에서 쥐들이 짹짹거리는 소리가 들린다. 대문간 위 지붕에서는 박꽃들이 하얗게 웃고 있다. 달빛을 받아 더욱 환한 모습으로 신랑인 박각시나방을 기다리고 있는 박꽃들이다. 밤에만 찾아오는 박각시나방은 달빛 속에서 박꽃과 사랑을 맺고, 거기서 탄생한 박 덩이가 아무도 몰래 커간다고 한다. 옛날부터 동촌마을, 그중에도 금옥이네 초가지붕 위에는 박 넝쿨이 무성했다. 5년여 전부터 초가집들이 슬레이트 지붕으로 개량해가고 있지만 아직도 볏짚 지붕인 금옥이네 지붕에는 올해도 박꽃이 하얗게 피어 있다.

"저게 도깨비여 사람이여?"

"아니 저놈으 자슥들이!"

"개똥이하고, 돼지하고, 일식이하고, 또 저놈들이……?"

마당에서 웃고 떠들던 여자들이 이마에 초록 불빛을 잔뜩 달고 오는 아이들을 보고 한 마디씩 한다. 유난히 개똥벌레가 많이 날아다니는 옹달샘 주변에 몰려갔던 아이들이다. 그곳에 들어가면 마을에 험한 일이 생기고 흉년이 든다는 전설이 내려오고 있어 마을에서 접근을 금지하고 있는 옹달샘이다. 그래서 마을 여자들은 무더운 여름에 호젓한 곳에서 시원한 물로 목욕하며 달빛의 정취를 느끼고 싶지만 감히 옹달샘에 가지 못한다. 하지만 아이들은 옹달샘 주변의 조릿대나무와 갈대숲에서 하늘의 별만큼이나 반짝이는 반딧불이의 유혹을 뿌리치지 못한다. 밤마다 아카시아 숲에서 여치도 잡고 나무에 붙어 울고 있은 매미도 잡던 아이들이다. 보릿대로 만든 여치 집에 반딧불을 잔뜩 넣어 오는 아이도 있고 반딧불을 손에 들고 휘휘 돌리며 오는 아이도 있다.

"이놈들! 거기는 조상 대대로 신성하게 여기는 곳이여. 한 번만 더 가면 경을 칠 줄 알아!"

이장 댁이 지나가는 아이들에게 소리친다. 옛날부터 땅 속에서 맑은 물을 밀어올리고 있는 옹달샘은 그 맑기가 유리 같아서 어른 한 길이 넘는 샘물 밑까지 훤히 보이고, 넘치는 물이 주변의 논으로 흘러들어 가뭄을 모르게 해준다. 오래 전부터 전해오는 이야기도 있다. 요즘도 칠월칠석날이면 당제와 함께 옹달샘에 제를 지내고 있다.

하늘에 떠 있는 둥근 달이 신비로운 달빛으로 옹달샘을 감싸고 있다. 금옥이네 마당에서 삼십여 미터 떨어져 있는 곳이다. 당산줄기가 내려와 있는 끝자락이고 밭둑을 따라 가면 금방 갈 수 있는 곳이다.

"그런데 전해오는 이야기가 참말인가요?"

멍석 가에 앉아 있던 철이 엄마가 묻는다.

"고려 말기에 이 마을로 숨어들었다는 충신 이야기지요?"

무릎을 끌어안고 앉아 있는 석이 엄마도 끼어든다.

"그야 동촌마을에 전해오는 이야기 아닌감. 그러니 물을 이유도 없지."

동촌 댁이 일침을 놓는다.

"그러면 그 자손들은……?"

"아 물어서 뭐혀. 세상이 월메나 변했는디. 그나저나 마을에 아직도 법도가 엄하던 시절에 옹달샘에 가서 목욕재개하구 그랬단 말이지?"

철이 엄마에게 퉁박을 준 돼지 어머니가 금옥이 어머니를 집적거린다. 금옥이 어머니는 무심히 웃고 있을 뿐이다.

"웃지만 말고 솔직히 말해보라니께. 다 지나간 일인디이."

돼지 어머니가 다시 다그친다. 그러자 금옥이 어머니가 슬그머니 일어나 찌그러진 대문으로 들어간다.

"이그. 말조심해야지. 없는 말을 했다가 경을 칠라구. 마을에 분란을 일으킬지도 모른다구. 이 여자야."

동촌댁이 돼지 어머니를 나무란다.

"에이구. 그렇지도 안치유, 금옥이를 보아도 알 수 있잖유."

집으로 들어가는 금옥이 어머니를 보고 있던 개똥이 어머니가 얼굴을 돌려 아주 근거 없는 소문도 아니라는 듯이 말한다.

"그럴거구먼유. 불 안 땐 굴뚝에 연기 나겠슈? 원인이 있으니 결과가 있는 벱이지유."

양반다리를 하고 앉아 달을 올려다보고 있던 일식이 어머니가 끼어든다. 개천에서 용이 난다는 말이 있기는 하지만 동촌마을이 생기고 난 이래, 그것도 팽나무 집에서 금옥이 같은 아이가 태어났다는 것이 아무래도 믿기지 않는다는 말이다. 그렇지 않아도 일식이 형, 큰놈이 고등학교에 들어가면서 싸움질이나 하고 말썽을 부리더니 여름방학이 되면서 서울로 간다고 집을 나가 소식이 없어 속이 썩고 있는 여자다. 일식이 아버지 학벌로 보나 초등학교 선생인 자신으로 보나 금옥이네하고 비교할 수가 없는데 어째서 금옥이하고 그렇게 다른지 알 수가 없다. 일식이 어머니의 단정적인 말에 수긍이 가는지 아니면 일식이 어머니의 마음을 헤아리기라도 한 것인지 마당의 여자들은 말이 없다. 들판에서 건너오는 바람만 금옥이네 마당을 지나

마을로 들어가고 있다. 한없이 넓고 푸른 들판이다. 달은 여전히 마당 한가운데에서 여자들을 지켜보고 있다. 여자들의 욕심, 여자들의 의심, 여자들의 질투, 여자들의 꿈을 풀어 헤치려는 듯이. 자연의 이치에 순응해야 된다고 그 속에 신비가 있다고 말해주려는 듯이. 여자들은 그런 달의 의도를 알 리가 없다. 엉뚱한 욕심에 목매어 있을 뿐이다.

"저 달을 보라구유. 괜히 의심만 하는 우리를 비웃고 있잖유."

동촌댁이 마당을 내려다보고 있는 달을 보며 말한다. 여자들이 모두 달을 쳐다본다. 계수나무 밑에서 떡방아를 찧고 있는 옥토끼가 뚜렷하게 드러나 있는 달이다.

"옛날에는 마을 사람들끼리 형님, 아우하며 참 좋았었는디…… 저 달 속에서 옥토끼가 떡방아를 찧을 때면 용달샘에 제를 지낸다, 당산제를 지낸다 하며 야단들이었지 안남. 그란디 것두 이제는 시들해지구 저마다 부광시에 서울까지 드나들며 제각각이 되어가고 있으니……."

달을 올려다보던 부녀회장이 아쉬운 듯 한마디 한다. 어느 집에 숟가락이 몇 개 있는지 다 알던 마을이 점점 남남이 되어가고 있다는 것을 잘 알고 있기 때문이다.

"그러게유. 마을을 떠난 사람도 많구 또 새로 들어온 사람들도 많구유."

동촌댁이 부녀회장을 거든다. 조상 대대로 동촌마을에 살고 있어 동촌댁이라고 불리는 여자다. 당산줄기 밑에 본가가 있고, 지금은 금옥이네 바로 뒤 기와집으로 시집와서 살고 있다. 그래서 마을이 변해가는 것을 누구보다 잘 알고 있다.

당산줄기에 터널이 뚫리기 전까지만 해도 산골마을이었다. 들판이 끝나는 지점에서 시작하는 당산 산줄기가 북쪽으로 뻗어가며 더욱 높아진 곳에 당산이 있고, 그 당산줄기에 오목하게 싸인 동촌 마을이다. 당산의 동쪽에 있다고 동촌이라는 이름을 붙었는지 모른다. 오십여 가구가 일구 이구로 나누어진 마을은 서북쪽으로 당산줄기에 둘러싸여 있고 남동쪽으로는 넓은 평야가 펼쳐져 있다. 당산줄기 가까이 경찰지구대와 소방서 그리고 면사무소가 작은 광장을 사이에 두고 있는 곳이 마을의 위쪽이다. 넓은 들판을 끼고 있으므로 마을에는 부자들도 많다. 일흔다섯 칸 기와집과 예순다섯 칸 빨간 양철집 그리고 크고 작은 기와집과 슬레이트집들이 달빛이 하얗게 깔려 있는 길들을 따라 여기저기에 자리 잡고 있다. 오래 된 산간마을답게 나무들도 많고 그 중에 돋보이는 것이 일흔다섯 칸 기와집 뒤편의 오래 된 오동나무숲과 금옥이네 집 언덕 위의 팽나무다.

오동나무 숲 뒤 도로를 따라 자동차로 십 분도 안 걸리는 당산 터널을 지나면 곧바로 인구 사십만이 넘는 부광시가 있다. 고속도로가 뚫리면서 서울까지 두 시간 이내로 좁혀지고, 도시 서북쪽 해안이 무역항으로 개발되고, 제철공장과 자동차공장이 들어서고, 여기저기 공단이 들어서면서 도시는 몰라보게 커졌다. 낡은 건물들이 헐린 자리에 높고 큰 빌딩들이 들어서고 아파트 단지며 상업지구들이 도시외곽으로 급속히 번져나갔다. 밤이면 도시 전체가 불야성을 이루는 불빛에 하늘의 달은 어디에 있는지도 모른다.

높은 하늘에 휴지처럼 구겨져 있는 달은 잘 보이지 않는다. 하늘을 올려다보고 있는 김만석도 달을 찾지 못한다. 마을에서는 사발만큼이나 크게 보이는 달이다. 하지만 보이는 것은 가지각색 간판의 휘황한 불빛과 빙글빙글 돌아가는 월드나이트클럽 회전광고판의 어지러운 불빛뿐이다.

김만석은 욱하고 올라오는 구역질을 억지로 참는다. 주변을 둘러보아도 토해낼 자리가 없다. 파랑새요정, 심해횟집, 인연무도장, 팡팡노래방, 누구나소주방의 불빛들이 깔린 아스팔트에 사람들이 떠들며 노래를 부르며 오가고 있다. 김만석만 도로 한쪽에 하늘의 달처럼 구겨져있다. 생전처음 먹은 몇 잔 술 탓인지 아니면 뒤틀린 기분 탓인지 속이 울렁거려 견딜 수가 없다. 저녁을 먹는 자리인 줄 알았는데 술잔이 돌아가면서 사람들이 이런 날 주인공이 술 한 잔도 마시지 않아서야 쓰나며 인심을 베풀 듯이 술잔을 들이밀었다. 김만석은 어쩔 수 없이 그 술잔을 받아 목에 털어 넣었다. 정원이 근사한 황토방한정식 집이었다.

마을 어른들이 주선하는 자리라고 했다. 김만석은 일구 이장에게서 말을 들었을 때 나가고 싶지 않았다. 금옥이 때문이라면 마을에서 잔치를 크게 베풀어주었고, 아버지로서 금옥에게 별로 해준 게 없기 때문이었다. 초등학교 외에 학비를 준 기억이 없다. 중학교에 들어가면서부터 장학금을 타며 공부했고 서울로 대학을 가면서도 일류대학을 마다하고 4년간 장학금을 준다는 학교로 갔었다. 중고등학교 때는 공부를 한다고 늘 방에 틀어박혀있었고 대학에 간다고 서울로 올라간 후로는 고향에 별로 내려온 적이 없었다. 그러고 보면 술자리에서 농담인지 진담인지 모르게 떠들어대던 마을 사람들의 말도 이해못할 바는 아니었다. 그래도 경찰서 사람들도 있는 자리였다. 김만석은 민망했다. 알고 보니 빨간 양철집 아들인 송경섭 수사과장이 주선한 자리였다.

송경섭과는 살아오면서 별로 좋은 감정이 있는 사이도 아니었다. 어렸을 때부터 텃밭과 마당, 집터 일부가 자기네 땅이라며 감당할 수 없는 값에 사가라고 엄포를 놓았었다. 그의 아버지가 면서기를 하면서 일본 사람들이 두고 간 농지를 자신의 명의로 바꾸어 놓은 것이라고 했다. 밭 한 뙈기 논 한 평 없는 아버지로서는 어림도 없는 돈이었다. 김만석은 그것을 빌미로 어머니를 수시로 데려다 일을 시켜먹은 것을 보면서 불만이 쌓이기도 했었다.

마을에서는 송경섭과 기와집 박남규 교장(초등학교 교장이다.)을 비롯해 청천면장, 시청 계장인 장씨네 아들, 수리조합장 이씨, 영농조합장 김씨, 일구이장, 이구이장이 참석했다. 경찰서 사람들과 마을 사람들은 대부분 처음 대하는 것 같았다. 어색한 분위기를 술로 풀려고 했는지 송경섭은 음식 접시들이 나오자 술부터 돌리기 시작했다. 술잔이 돌아가고 서로 인사를 나누고 이리저리 연줄을 대며 뜯어 맞추자 어색한 분위기가 조금씩 풀리기 시작했다. 그렇게 술잔이 몇 순배 돌면서 웃고 떠들자 송경섭이 뜬금없이 말했다.

"김금옥 검사가 부광지청으로 내려오면 부모님도 시내로 나와야겠네요."

존대하는 말투였다. 평시에는 반말을 쓰던 사람이었다.

"부광시로……?"

김만석은 어리둥절했다. 처음 듣는 말이었다.

"모르고 계셨나요? 다음 달 초에 내려온다고 하던데."

송경섭이 이번에는 조금은 무시하는 듯이 말했다. 김만석은 무안했다. 다음 달이라면 일주일 조금 넘게 남은 날짜다. 고향으로 내려온다면 전화라도 했을 것이다. 제 어머니가 받았을 터인데 하루 종일 밖에 나가 일하니 전해준다는 것을 깜빡 잊었는지도 모른다는 생각이 들었다.

"모를 리 있나요. 어떤 딸인데."

박남규가 말했다.

"그러문유. 금옥이 어떤 아인데요."

영농조합장 김 씨도 두둔했다.

"에이 그렇지도 않구먼. 금옥이가 그집 딸이 아니라는 말이 있던데."

얼굴이 붉게 달아오른 이구 이장이 나섰다.

“맞아유. 금옥이는 다리 밑에서 데려온 자식이라는 말이 있었지유. 어머니 아버지하고 닮은 것 같지도 않고.”

일구 이장도 불쑥 나섰다. 분위기가 이상하게 돌아갔다. 한 동네에 살면서 대놓고 업신여기던 놈이었다. 들판에 농사처를 제법 가지고 있다고 거들먹거리며 시도 때도 없이 데려다 부려먹던 위인이었다. 금옥이 서울로 대학을 가면서부터 하류 대학이니 이름도 없는 대학이니 하며 동네에 소문을 퍼트리고 다니기도 했었다. 김만석은 그러거나 말거나 관심을 갖지 않았었다. 그런데 경찰서 사람들까지 있는 자리에서 그런 말을 할 줄은 몰랐다. 김만석은 속이 끓었다.

“그럴 리 있나요. 부모자식 간인데.”

경찰서장이 분위기를 돌리려는 듯이 말했다. 김만석은 무안했다.

“그럼은요. 금옥은 어머니를 닮았지요. 내가 잘 알아요. 금옥이 어머니가 어렸을 때부터 우리 집에서 살았잖아요. 부지런하고 똑똑했습니다.”

박남규가 경찰서장의 말을 받아 말했다. 아주 틀린 말은 아니었다. 먼 친척붙이인 금옥이 어머니를 박 면장(박남규 아버지가 오래전에 면장을 지냈다고 그렇게 부른다.) 집 할머니가 데려다 부엌일을 시키며 키웠기 때문이다. 박 면장 집 할머니는 금옥이가 친손녀나 되는 것처럼 마을에 자랑을 하고 다니며 검사 할머니 행세를 했다.

"에이. 어머니하고도 닮은 데가 없더구만. 금옥이 어머니가 우리 집 일을 많이 해서 내가 잘 아는데."

송경섭이 받아치고 나섰다.

"그렇께…… 금옥이는 형제들하고도 닮은 데가 없던디."

붉은 양철집 옆집에 사는 수리조합장 이 씨가 끼어들었다. 김만석은 자리에서 일어나고 싶었다.

"자. 이제 김금옥 검사를 훌륭하게 키워낸 김만석 씨를 위해 건배합시다."

경찰서장이 제의했다. 모두 술잔을 들었다.

벽을 짚고 웅크려 앉아있던 김만석이 속에서 올라오는 것을 막아내지 못하고 그 자리에 쏟아내고 만다. 위속에 가득 고여 있던 각종 요리가 뒤섞여 쏟아져 나온다. 속이 비워지자 사람들의 비웃음까지도 토해낸 듯 기분이 가벼워진다. 검은 아스팔트에 토사물이 억지로 마셨던 술과 함께 퍼질러 있다. 시큼한 냄새까지 난다. 뒤돌아보니 사람들이 기분 나쁜 표정으로 토사물과 자신을 번갈아보며 지나가고 있다.

김만석이 일어나 주변을 두리번거린다. 심해횟집 수족관 옆에 커다란 쓰레기통이 있다. 김만석은 쓰레기통을 뒤져 구겨진 신문지와 검은 비닐봉지를 가지고와 토사물을 쓸어 담아 쓰레기통에 가져다 버린다.

월드나이트클럽을 지나면 24시 편의점이고 편의점 옆으로 가로등 불빛이 환한 6차선 도가 지나간다. 서쪽의 공단지대로 이어지는 도로다. 김만석은 똑바른 정신으로 도로를 건넌다. 어디든 갈 수 있을 정도로 정신이 또렷하다. '경찰서 사람들도 있는 자리에서……' 김만석은 또 다시 떠오르려는 기분 나쁜 생각을 털어내며 불빛이 쏟아져 나오는 상점거리를 걷는다. 옷가게들과 포목점, 신발가게와 잡화점, 시계점포와 금은방, 농기구점과 그릇점, 농협과 은행, 중화반점과 다방들이 옛날 그대로 이어져 있다. 불빛이 환한 상점 안에는 아직도 사람들이 이리저리 돌아다니고 있다.

김만석은 금옥이 어머니와 결혼사진을 찍고, 첫딸인 금옥이 옷을 사던 때를 생각한다. 머릿속에 남아있는 행복한 기억들이다. 상점거리를 지나면 5일장이 서던 장터다. 쌀가마를 나르고 과일 장사를 하고 닭과 달걀을 팔던 골목이 그대로 있다. 시장을 지나면 텅 빈 버스 터미널이다. 터미널은 도시 외곽으로 옮겨지고 넓은 공터만 을씨년스럽게 남아있다. 터미널 부지와 5일 장터를 합친 자리에 아파트단지가 들어설 것이라고 했다.

김만석이 불빛 희미한 터미널 공터 옆에서 하늘을 올려다본다. 하늘의 달이 김만석을 알아보는 듯 밝게 웃고 있다. 김만석도 넓은 하늘에 홀로 떠있는 달이 반갑다. 달과 함께라면 집까지 걸어가도 좋을 것 같다.

금옥이네 마당에도 여전히 달빛이 밝다. 구름 한 점 없는 하늘에 달은 이제 서쪽으로 기울어 있다. 비스듬히 앉아 달을 보고 있던 동촌댁이 마을의 변화가 아쉬운지 아니면 하늘에 떠있는 달이 새삼스러운지 한 마디 한다.

"아직두 옹달샘에는 사람들의 출입을 금하고 있지 않남유? 샘물제도 그대로 지내구. 마을의 전통과 전설이 살아있는 셈이지유. 안 그류?"

"맞아요. 저도 지금까지 이어져오는 전설과 전통이 참으로 끈질기다고 생각했어요. 과학이 발전해가고 있는 세상에."

한쪽 구석에 앉아 있는 철이 엄마다.

"이성계가 조선을 건국할 때 고려의 충신이 동촌마을에 숨어들어 왔다고요. 그런데 그 집 낭자가 달 밝은 밤에 옹달샘에서 남몰래 목욕을 하다가 마침 그곳에 물을 길러 갔던 마을 총각에게 겁탈을 당했고요. 그해 심한 흉년과 역병이 돌았고, 원인이 탄로 난 총각 네는 마을에서 쫓겨났고, 거기서 태어난 아들이 정승까지 했다는 이야기지요?"

석이 엄마도 벌써부터 알고 있었다는 듯이 이야기를 술술 풀어낸다. 서울에서 낳고 자란 그녀는 옹달샘에 얽힌 이야기에 호기심이 많았다. 금옥이가 사법고시에 합격하고, 여자들이 금옥이 어머니를 의심하는 것을 보면서 그 전설이 사실인가, 세상에는 신비로운 일도 있구나 생각하고 있던 참이었다.

"나도 들었는데요. 참말로 옹달샘에 그런 정기가 있나요? 일본 강점기엔 제를 지내지 않아 가뭄이 자주 들었고 여름날 밤에 일본 여자들이 옹달샘에서 목욕하며 음탕한 짓을 해서 마을에 역병이 돌았다는 이야기도 있던데요."

철이 엄마가 이야기를 받는다. 석이 엄마와 이웃집에 사는, 나이도 같은 또래인 여자다. 철이 엄마와 석이 엄마는 시내에서 마을에 들어와 사는 젊은 여자들이다. 마당에 모인 여자들 중에 나이가 제일 어리지만 금옥이네 마당의 단골 축에 낀다. 석이 아버지는 은행 대리고 철이 아버지는 자동차연구소 계장이다. 동촌마을에는 이런저런 이유로 시내에 직장을 둔 외지 사람들이 들어와 살고 있다.

"그렇당께. 그래서 출입이 금지된 옹달샘에 의뭉스러운 금옥이 어머니가 이슥한 달밤에 아무도 모르게 즈이 서방하고 말이여."

돼지 어머니가 젊은 여자들의 말에 옳다구나 하고 나선다. 어렸을 때 이모 집(박 면장 마님이 돼지 어머니의 이모다)에 가면 꾀죄죄한 몰골로 갯말아가씨! 갯말아가씨! 하며 굽실거렸던 금옥이 어머니였다. 나이가 열 살이나 많은 금옥이 어머니지만 하찮게 보아왔던 터였다. 그런데 지금은 금옥이 같은 딸을 자랑하며 마을에서 부러움을 한몸에 사고 있다니 배가 아파 견딜 수가 없다. 하나뿐인 아들이 마을에서 돼지라는 별명을 얻을 정도로 둔하고 멍청하다. 이제 초등학교 2학년이지만 가져오는 시험지마다 30점 40점이 고작이다. 면서기를 하는 제 아버지를 보나 중학교에 다닐 때까지 반에서 중위권은 유지

했던 자신으로 보나 멍청한 자식이 태어날 일이 아닌데 생각하면 속이 터진다.

"그렇지요? 돼지 어머니!"

"맞아요. 한밤중에 몰래 가면 누가 알간디."

"그해도 마을에 역병과 가뭄이 들지 않았것시유."

"쉿!"

부녀회장이 여자들의 말을 가로챈다. 박꽃이 하얗게 핀 지붕 아래에서 금옥이 어머니가 나오고 있기 때문이다. 가슴에 찐 옥수수와 감자가 가득 담긴 바구니가 안겨있다. 여자들이 마당에 모일 때면 무엇인가를 내오는 금옥이 어머니다. 여자들이 하던 말을 뚝 그쳤지만 금옥이 어머니는 알고 있다. 터무니없는 이야기지만 듣기 싫지는 않다.

여자들이 옹달샘이니 어쩌느니 하지만 창호에 달빛이 환하게 젖어드는 방에서 금옥이 아버지와 황홀한 정사로 만들어진 아이고, 그 아이가 잘 커서 사람들에게 부러움을 사고 있기 때문이다. 금옥이 어머니가 여자들을 보고 배시시 웃는다. 여자들은 마을의 금기를 어기고, 변절자로 의심받고 있는 것도 모르고 웃는 금옥이 어머니를 속으로 어이없어한다. 그러면 그렇지. 저 융숭 깊은 여자가…… 여자들은 뜨거운 옥수수와 감자가 가득 담긴 바구니보다 금옥이 어머니의 얼굴을 더욱 유심히 바라본다. 햇빛에 절어 갈색인 데다 둥글넓적한 것이 찐 감자만큼이나 못생긴 얼굴이다. 거기다 주변머리도 없어서 여자들의 농담도 잘 받아주지 못한다. 그런 여자가 금옥이 같은 자식을 낳다니…… 돼지 어머니와 개똥이 어머니는 금옥이 어머니가 틀림없이 옹달샘에 갔을 것이라 생각한다.

"금옥 어머니 그러츄? 사람들이 다 그러던디…… 틀림없다구."

여자들이 바구니로 달려들어 옥수수자루를 들고 뜯거나 감자껍질을 벗기고 있는 동안 개똥이 어머니가 여자들의 한껏 부푼 호기심을 대변한다. 우스갯소리를 잘하는 만큼 하고 싶은 말을 참지 못하는 여자다. 금옥이가 스물다섯 살 어린 나이에 사법고시 최종 합격했을 때도 옹달샘 정기를 받은 것이 아니냐고 말하고 다녔었다.

"글시 말여. 워디 한 번 말해봐. 우리끼리닌께. 안그려?"

돼지 어머니도 금옥이 어머니 곁으로 당겨 앉는다.

"맞아요. 다 지나간 일인데요."

석이 엄마도 무엇인가 나올 것 같은 예감에 한마디 거든다. 금옥이 어머니는 하늘의 달만 쳐다보고 있다. 가당치도 않은 여자들에게 어떻게 대답해야 좋을지 모르기 때문이다. 가슴을 뒤집어 보여 줄 수도 그날 밤의 일을 설명해줄 수도 없다. 하늘의 둥근 달이 금옥이 어머니의 얼굴을 환하게 밝혀주고 있다. 둥근 달을 보자 그날의 일이 뚜렷하게 떠오른다. 그날도 저렇게 둥그런 달이 하늘에 떠 있었다.

금옥이 어머니 최순례는 밤늦게까지 남편 김만석과 모를 심고 집으로 돌아가고 있었다. 짝을 찾는 개구리들의 노랫소리가 흐드러진 논둑길이었다. 비록 논 세마지기지만 처음으로 가진 내 논이었다. 그 날도 남의 집 일을 하고 돌아와 몸이 피곤하지만 남편 김만석에게 모를 심으러 가자고 졸랐다. 결혼하고 3년 만에 장만한 논이었다. 하루라도 빨리 내 논에 자식 같은 모를 심고 싶었다. 건축현장에서 일하고 돌아온 김만석도 기꺼이 동의했다. 둘은 그렇게 모를 심고 하늘의 둥근 달만큼이나 가득 찬 기쁨을 가슴에 안고 집으로 돌아왔다. 창호지에 달빛이 환하게 물들고 있었다. 최순례는 달빛의 정취를 이기지 못하고 김만석의 사타구니를 더듬었다. 김만석의 뿌리도 힘 있게 솟아올랐다. 금옥이 어머니는 그날 밤 신비로운 달빛 속에서 금옥이 아버지와 나누었던 사랑을 잊지 못한다.

김만석이 아파트단지 옆을 지난다. 층마다 하나 둘 아직까지 꺼지지 않은 불빛이 정겹게 느껴진다. 늦은 밤까지 행복을 엮어가고 있을 것만 같다. 아파트단지를 지나면 문화예술회관이다. 최근에 지어진 예술회관이 위용을 자랑하고 있다. 예술회관 둘레로 초록빛과 노란빛의 가로등이 켜져 있다. 가로등은 문예회관 주변뿐만 아니라 뒤편의 당산줄기로 올라가며 정상까지 이어져있다. 밤에도 산에 올라 넓은 들판을 바라보며 맑은 공기를 즐기라고 길을 밝히는 모양이다. 김만석은 가로등이 줄지어 서있는 길을 따라 구불구불 산으로 오른다. 정상에 오르자 넓은 들판이 아득하게 내려다보인다.

저만치 우람한 팽나무가 보이고 팽나무 아래 넓은 마당이 텅 비어 있다. 들판 여기저기에 모여 있는 불빛들이 반짝인다. 한 무더기씩 모여 사는 마을들이다. 하늘 위의 달도 부광 시에서와는 달리 가까이 와 있다. 달빛이 가슴 가득히 들어오는 것 같다. 술이 깬 정신이 더욱 맑아진다. 마을은 집집마다 불도 꺼져 있고 달빛이 깔린 길들만 하얗게 보인다. 그런데 저 사람들은 누구인가? 이 야심한 밤중에…… 산을 내려가던 김만석은 옥수수가 길게 늘어선 밭둑길을 따라 옹달샘 쪽으로 오고 있는 두 사람을 보고 깜짝 놀란다. 한 사람은 남자고 한 사람은 여자다. 남자는 어깨에 뭔가를 메고 있다. 언뜻 보기에 마을에 사는 석이 엄마와 그 남편 같다. 김만석은 의아한 마음에 큰 소나무 뒤에 몸을 숨기고 두 사람을 지켜본다. 석이 엄마와 아버지가 분명하다.

"잠깐! 좀 기다려 봐요."

석이 엄마가 옹달샘 입구에서 말한다. 입구에 굵은 장대가 걸쳐 있다. 하얀 천에 붉은 글씨로 출입금지라고 씌어 있는 장대다. '이곳에 들어가려면 제사장의 허락을 받아야 함.'이라는 검은 글씨도 씌어 있다.

"뭘 꾸물거려? 빨리 들어가야지. 누가 보면 어쩔려구."

석이 아버지가 재촉한다.

"이걸 어쩌지요?"

석이 엄마가 허리까지 닿는 장대 앞에서 말한다.

"밑으로 기어 들어가면 되지."

석이 엄마가 먼저 장대 밑으로 기어 들어간다. 그리고 석이 아버지가 뒤따른다. 길 양 옆으로 시우대가 무성하다.

김만석은 옹달샘으로 들어가는 두 사람을 보고 적이 놀란다. '저 사람들이…… 저러면 안 되는데…… 저걸…… 어쩌지.' 김만석은 조바심이 나지만 어떻게 해야 좋을지 몰라 옹달샘 쪽만 바라보고 있다.

안으로 들어갈수록 시우대가 더욱 크게 솟아 있다. 바닥은 돌을 깔아 놓았지만 돌 틈 사이로 잡풀이 돋아나 있다. 그 풀들이 발에 밟힌 듯 누어있다. 그러나 둘은 금지된 일을 치루기 위해 옹달샘으로 들어간다는 흥분에 풀이 꺾인 것도 알아채지 못한다. 옹달샘이 가까워질수록 흥분이 더욱 고조된다.

"빨리 누어."

"그래유. 잠시만……"

속삭이는 소리가 들리는 것 같다. 옹달샘은 아직 보이지 않는다. 석이 엄마와 아버지는 조심조심 옹달샘으로 다가간다.

"뭘 그렇게 꾸물거려?"

"분위기가 너무 좋아서 그래유."

"그러니께. 빨리……"

"그래유. 알았슈."

분명히 사람이 속삭이는 소리다.

"이런 제길헐!"

석이 엄마가 속삭이듯 내뱉는다.

"쉿!"

석이 아버지가 석이 엄마의 입을 막는다. 달빛이 산만하게 옹달샘을 비추고 있다.

"아이구머니나! 이게……?"

옹달샘으로 막 들어선 석이 엄마가 기절초풍한다. 달빛 환한 옹달샘 잔디밭이다. 더욱 놀란 것은 누어서 위를 쳐다보고 있던 여자 쪽이다.

"아악! 당신들은……!"

여자가 눈을 크게 뜨고 벌떡 일어난다. 그 바람에 배위에 붙어있던 남자가 나가떨어진다.

"엄마야! 돼지 어머니!"

여자와 눈이 마주친 석이 엄마도 뒤로 벌러덩 나자빠진다. 그 바람에 뒤에서 갑자기 떠밀린 석이 아버지가 옹달샘으로 떨어진다.

"어푸! 어푸!"

"아이고, 석이 아버지!"

석이 엄마가 어쩔 줄 몰라 허둥댄다. 그 틈에 정신을 차린 돼지 어머니와 아버지가 옷도 챙겨 입지 못한 채 줄달음친다. 가로지른 장대를 돼지 어머니가 걷어 올리고 부리나케 도망치고 있다. 등치가 큰 여자가 앞장서고 그 뒤를 키 작은 남자가 따르는 격이다.

"엇! 저 사람들은!?"

이번에 놀란 사람은 김만석이다. 옹달샘에서 들리던 여자의 비명소리에 깜짝 놀라 달려가려고 하던 참이었다. 발가벗고 마을로 뛰어가는 남자와 여자는 돼지 어머니와 아버지가 분명하다. 달빛 속에 뛰어가는 그들의 꼴이 배꼽 빠지게 웃을 모습이지만 김만석은 웃음이 나오지 않는다.

"에잇! 더러워. 이 꼴이 뭐야! 사람 꼴이……"

"재수가 없어 그렇지…… 그 돼지 같은 년이 거기 있을 줄을 누가 알았어."

"이제 마을에서 어떻게 살 거야?"

"누가 봤나? 돼지 엄마. 지들도 똑같은 처진데……"

"그래도 소문이 날지 알아."

"걱정 말아요. 우리가 함구하면 지들도 절대로 말을 못할테니까."

석이 아버지는 물에 빠진 생쥐처럼 온 몸이 물 범벅이 되어있다. 석이 엄마도 후줄근한 모습이다.

"옹달샘이 생각보다 깊지 않아 다행이지."

석이 엄마가 중얼거린다.

"그러니까 말이야."

석이 아버지도 투덜거린다. 하마터면 죽을 뻔했었다. 한길이 넘는 물속이었다. 석이 엄마가 끌어올려 겨우 살아났다. 물에 젖은 두 사람이 패잔병 같이 투덜거리며 마을로 들어가고 있다. 김만석도 놀란 가슴을 쓸어내리며 산을 내려온다. 옹달샘에서 무슨 짓들을 했기에……? 김만석은 머리를 절레절레 흔든다.

마을은 이제 면사무소와 경찰지구대 광장에 불빛만 환할 뿐 집들은 모두 불이 꺼진 채 달빛에 젖어있다.

매미와 바퀴벌레

- 없애! 없애라고. 뭘 그렇게 고민해.
새끼는 앞으로 얼마든지 깔 수 있잖아.
유혹의 소리가 또 다시 들린다.
- 아니야. 그럴 순 없어. 소중한 생명이야.
또 다른 소리도 들린다.
문이 닫힌 창밖에서 매미들이 소리치는 것 같다.

매미들이 극성스럽게 노래를 부르고 있다. 맴 맴 매앰, 쓰르르 치르르 치르르. 창밖의 나무에 붙어 있는 매미들이 몇 마리인지 알 수 없다. 여름도 막바지로 접어들고 있는 팔월 중순인데 매미들은 지치지도 않는 모양이다. 소정이 머리를 돌려 창밖을 본다. 창밖은 어둠에 젖어 캄캄하다. 매미들은 오늘도 밤새도록 노래를 부를 모양이다. 짧은 여름이 아쉬운 것인지 아니면 자신의 씨를 뿌려 놓을 암놈을 찾지 못해 안달이 난 것인지 알 수 없다. 매미는 한여름만 살다 죽는다고 했다. 그 여름 내내 수컷들은 암컷을 차지하기 위해 서로 질투하고 싸우며 폭력적으로 노래를 부른다고 했다.

아버지도 고향 집으로 내려간 지 일주일이 되었다. 근무하던 경찰서에서 무슨 일인지 연락이 왔다고 했다. 올라올 때는 밑반찬거리를 가지고 오겠다고 했다. 이제는 아주 서울에서 기거할 모양이다. 아기는 매미소리에도 세상모르게 자고 있다. 이제 한 인간으로 모습을 갖

춰가는 얼굴이다. 복숭아 빛 얼굴에 눈, 코, 입이 또렷하게 박혀 있다. 예쁜 얼굴이다. 소정은 자신의 살과 피와 감정이 깃들어 있을 것이라는 생각에 몸이 오싹해진다. 악마의 자식이다. 일생일대의 중요한 때에 존재감을 과시하기라도 하듯이 느닷없이 패악을 부렸다. 몰래 숨어 들어와 없는 듯이 있다가 갑자기 튀어나온 악마처럼. 소정은 한순간에 무너지고 말았다.

쓰르르, 쓰르르, 치르르. 매미가 다시 노래를 부르기 시작한다. 네가 그런 생각을 하면 안 되지! 네가 그런 생각을 하면 안 되지! 하고 충고하는 것 같다. 창문 가까이로 뻗어 있는 가지에 앉아 있는 매미다. 매미가 방안을, 아니 가슴속을 들여다보고 있는 것 같다. 새끼를 얻기 위해 내가 지금 얼마나 분투하고 있는지 아느냐고, 나는 칠 년간을 유충으로 땅 속에서 살다가 나와 이제 이렇게 매미로 한 여름 동안 살다 죽는다고, 그래서 자식에게 아름다운 세상을 물려주기 위해 짝을 찾아 밤을 새워가며 노래를 부르고 있다고, 그런데 너는 지금 무슨 생각을 하고 있느냐고, 악착같이 말하고 있는 것 같다. 매앰, 매앰, 매앰, 좀 더 먼 가지에 앉아 있는 매미가 엄마, 엄마 하며 울고 있는 것 같다.

소정이 벌떡 일어나 창문을 닫는다. 매미들의 노랫소리가 지긋지긋 하다. 어제 밤에도 매미 소리 때문에 잠을 자지 못했다. 그제 밤에도 그랬다. 매미소리 때문에 가슴 속이 콩 볶듯이 뛰었다. 온갖 생각이 가슴과 머릿속으로 오르내리기만 했다. 어머니가 왜 아버지를 버리고 갔는지 모른다. 아버지도 왜 집나간 어머니를 찾지 않는지 모른다. 소정은 사람으로 살아가는 도리가 무엇인지 알 수 없다. 생명을 소중하게 여기는 것? 열정과 사랑? 아버지는 사람의 도리를 지키라고 했고 어머니는 열정과 사랑을 찾아가라고 했다.

닫힌 창문 어디를 어떻게 뚫고 들어오는지 지르르 스르르 지르르 스르르 하는 소리가 들려온다. 소정은 두 손으로 귀를 틀어막는다. 너희들이 아무리 그래도 소용없어! 이미 마음을 굳혔으니까! 이 악착같은 놈들아! 소정도 속으로 소리소리 지른다.

어제 밤에도 창문 가까이 앉아 있는 매미가 극성스럽게 울어댔었다. 그놈의 소리만 유독 크게 들렸다. 소정의 가슴 속에 꼭꼭 숨겨둔 마음을 훔쳐보기라도 한 듯 안 돼! 안 돼! 하고 소리치는 것 같았다. 소정이 방충망을 열고 젖은 물수건을 창밖으로 내던졌다. 물을 흠뻑 묻힌 커다란 수건이었다. 물수건이 나뭇가지를 흔들자 한 동안 조용했었다.

방안이 덥다. 창문으로 들어오던 산바람이 차단되자 천정과 벽에 숨어 있던 열기가 자기들 세상이 왔다는 듯이 몰려나오고 있는 모양이다. 아직도 열대야가 물러가지 않았다고 했다. 전에 살던 연립주택에도 있던 에어컨이 이 원룸에는 없다. 주인은 다른 방들은 다 에어컨을 설치해 놓고 산 쪽으로 향한 501호부터 504호까지는 에어컨을 설치하지 않았다. 에어컨을 넣어달라고 했지만 집주인은 산 쪽으로 커다란 창문이 나 있고 제일 높은 층이어서 불어오는 산바람이 시원하니 돈을 들여 에어컨을 설치할 필요가 없다고 잘라 말했다.

서성이던 소정이 책상 앞에 앉는다. 방망이질 치는 가슴을 진정시키고 싶다. 산후 조리원에서 퇴원한 후로 먹은 것이 별로 없어서 그런지 아니면 온갖 생각에 시달려서 그런지 힘이 하나도 없다. 아버지가 끓여 놓고 간 미역국은 소태 같은 맛이라서 몇 숟가락 떠 넣지 못했다. 아버지는 요리하고는 먼 사람이다. 아예 주방에 들어가지 않으려 했다. 어머니는 그런 아버지에게 라면도 못 끓이느냐고 핀잔을 주었다. 때로는 아버지가 아침식단을 차려 놓기를 바라기도 했다.

소정은 어머니 생각이 간절하다. 어머니는 이럴까 저럴까 망설일 때 명쾌하게 결정을 해주었다. 어머니가 있다면 단번에 결정을 내려줄지도 모른다. 너의 인생을 살라고. 소정이 생각지 못하는 방법도 가르쳐줄 것이다. 어머니와 딸 사이니까. 그러나 소정은 어머니가 어디에서 살고 있는지 모른다. 전화도 소통이 되지 않는다. 소정이 공부를 하지 않고 합창단이다 연극반이다 연습을 하러 다닐 때도 소정이 편을 들어주었었다. 중학교에 들어가면서부터 그랬다. 아버지는 공부를 열심히 할 시기에 쓸데없는 짓을 하고 돌아다닌다며 회초리까지 들었다. 네가 어머니처럼 딴따라패가 되려느냐고. 방구석에서 울고 있는 소정을 어머니가 품에 안아주었다. 네가 하고 싶은 것을 하라고. 등을 다독여주었다.

소정이 잠깐 책상에 머리를 박고 있던 얼굴을 들어 두 손으로 눈을 비빈다. 며칠간 잠을 제대로 자지 못한 탓일까. 감기는 눈두덩이 속에 어머니의 모습이 어린다. 화려한 무대 위에서 노래를 부르며 청중의 박수갈채를 받고 있는 모습이다. 소정도 청중의 환호를 받고 싶었다. 십 년 가까이 각고 끝에 겨우 존재를 드러낼 기회였다. 그런데 악마의 자식이 길을 막았다. 악마의 자식만 없어진다면…… 그리고 몸과 정신에 걸려 있는 덫을 풀어내기만 한다면…… 소정은 곰곰이 생각한다. 시간이 걸리겠지만 다시 일어설 수 있을 것이다.

창문 밖 멀리까지 어둠으로 꽉 차있다. 가까이에는 희미하게 올라오는 가로등 불빛에 드러나는 커다란 나무들이 흉물스럽게 보인다. 산비탈을 따라 서 있는 나무들 중에 유독 큰 나무다. 봄에는 꽃이 환하게 피어 방안까지 향기가 날아왔지만 여름밤에 보니 검은 어둠만 품고 있다. 창문 앞에 앉으니 매미들과 대면하고 있는 듯이 노랫소리가 가깝다. 생명은 소중한 거야. 노래를 불러. 노래를 불러. 세상은 다양한 생명들이 있어 아름다운거야 하고 말하는 것 같다.

소정이 책상서랍에서 리모컨을 꺼내 선풍기를 튼다. 더위와 매미소리가 한꺼번에 날아가는 것 같다. 쏴 하고 불어오는 바람이 강바람 같다. 소정은 그날 밤을 똑똑히 기억하고 있다. 강바람이 시원하게 온 몸을 훑고 지나갔었다. 명인이 만나자는 시간에서 늦어지고 있었다. 명인이 좀 더 일찍 와주었더라도…… 소정은 소용없는 생각을 다시 한다. 왜 밤에 한강 둔치에서 만나자고 했는지 몰랐다. 예진과 가까운 곳에서 칵테일을 마시고 있다고 했었다. 예진은 경쟁자였다. 둘이 무슨 이야기를 하고 있었는지 몰랐다.

– 사는 것이 다 그렇지. 너는 그것도 몰랐느냐? 중상모략하고 밟고 넘어서고. 우리도 그렇게 살아.

어디선가 속삭이는 소리가 들리는 것 같다. 소정이 이리저리 방안을 둘러본다. 자고 있는 아기 외에는 아무도 없다. 소정이 몸을 숙여 책상 밑을 살펴본다. 그곳에도 보이는 것이 없다.

– 그러니 억울해할 것 없어. 장애물을 털어내고 다시 일어서면 되는 거야.

또 다시 속삭이는 소리가 들린다. 이번에는 좀 더 분명하다. 자신의 생각을 누군가가 훔쳐보고 있는 것 같다. 소정은 가슴이 오싹하며 몸에 소름이 돋는다. 소정이 의자를 밀치고 쪼그려 앉아 책상 밑을 살핀다. 바퀴벌레 한 마리가 방구석에서 벽을 따라 기어 올라가고 있다. 악마에게 당할 때도 벽에 기어 다니던 바퀴벌레다. 소정이 책상 옆에 세워둔 빗자루를 살며시 집어 든다. 세상의 어느 누구에게도 비밀이 새어 나가서는 안 되기 때문이다. 그러나 바퀴벌레는 어디로 갔는지 보이지 않는다.

소정은 악마에게 당한 날 휴가를 내고 연습실에 나가지 않았다. 악마의 이물질을 모두 쏟아내고 싶었다. 어이없고 억울했다. 하지만 어쩔 수 없었다. 아무 일 없었던 듯 몸과 마음을 깨끗이 씻고 열심히 살아가고 싶었다. 하루 종일 집안에 틀어박혀 곰곰이 생각했다. 아무리 생각해도 이상했다. 오페라 가면무도회에서 소정이 역을 맡은 아멜리아를 은밀히 사랑했던 지사 리카르도를 살해하려고 음모했던 사무엘이 떠올랐다. 악마도 사무엘의 가면을 쓰고 있었다. 명인이 한강둔치로 나오는 중에 만나 잠시 칵테일을 마시고 있다던 예진은 단역인 사무엘 역이나 하고 있었다.

다음 날 소정은 몸을 털고 나가 명인에게 무슨 이야기를 하려 했느냐고 물었다. 예진과 무슨 이야기를 했는지도 알고 싶었다. 명인이 반문했다. 왜 약속한 장소에 나오지 않았느냐고. 한참을 기다렸다고 했다. 왜 전화를 받지 않았냐고도 했다. 악마가 탈취한 전화였다. 소정은 대답할 수 없었다. 그뿐이었다. 소정은 연습실로 갔다. 새로운 각오로 맡은 역을 빈틈없이 소화해내고 싶었다. 김명인이 프리모 우오모(오페라의 남성 주역 가수)로 지사 리카르도 역을 맡은 오페라 가면무도회였다. 소정도 리카르도와 은밀한 사랑에 빠진 아멜리아 역을 맡았다. 리허설 중이고 가을 공연을 앞두고 있었다.

이탈리아 오페라작곡가 쥬세페 베르디가 작곡하여 유럽에서 절찬리에 공연되고 있는 작품이었다. 한국어로 번안되어 한국 가수가 공연하는 것은 처음이었다. 유럽과 미국에서 유명세를 타서 그런지 공연 전부터 사람들의 기대가 뜨거웠다. 신문에도 연일 기사가 나가고 있었다. 소정은 이번에 맡은 주연급 아멜리아 역을 완벽하게 해내어 프리마돈나(오페라의 주역 여성 가수)로 올라설 각오를 단단히 했다.

소정은 열심히 목소리를 다듬었다. 날이 갈수록 깊은 곳에서 아름다운 소프라노 음색이 나왔다. 소정은 악마에게 당한 것은 흉몽으로 치부했다. 그날의 악몽은 깨끗이 잊어버리면 그만이었다. 어느 날 밤 자신도 모르게 꾸었던 악몽처럼. 그런데 그 악몽이 엄청난 결과로 소정의 목을 조여 왔다. 성공을 굳힐 중요한 순간이었다. 소정이 두 손으로 머리를 움켜잡는다.

일층에서 삼층까지 삼천여 석의 홀이 사람들로 꽉 차있었다. 위와 옆에서 객석을 비추는 조명 빛이 봄날의 햇살처럼 따뜻하게 보였다. 객석이 들판의 아지랑이처럼 흔들리고 바다의 파도처럼 출렁거리고 우주의 공간처럼 반짝거리는 것 같았다. 동료들과 함께 나와 합창을 부를 때나 조연으로 잠시 노래를 부르고 들어갈 때와는 전연 다른 느낌이었다. 소정은 가슴이 두근거렸다. 생전 처음으로 맡은 주연이었다. 가면무도회 여주인공 아멜리아가 된 소정은 한밤중에 황량한 들판 사형대 옆에서 리카르도 역인 김명인과 함께 오랫동안 사랑을 고백하는 이중창을 노래했다. 가슴 속 깊은 곳에 숨어 있던 사랑이 샘솟는 것 같았다. 사랑이 이렇게 절절하고 아름다운 것인지 몰랐다. 그동안 다듬고 다듬은 목소리가 신비스러운 음색으로 흘러나왔다.

소정은 주연 배우가 되기까지 피나는 노력을 했다. 성악과를 졸업하고 '창작오페라앙상블'에 입단했지만 합창단에 끼는 것이 고작이었다. 조연급도 주지 않았다. 겨우 조연급이 될 무렵 소정은 또 다른 오페라단에 주연급 오디션을 보러 다녔지만 가는 곳마다 벽에 부딪쳤다. 소프라노의 음역이 좁고 고음에서 소리가 탁해지고 배우로서 감정처리가 어색하다는 이유였다. 주연급이 되기엔 아직 실력이 모자랐다. 소정은 천상오페라단으로 옮겨 오 년여 동안 내 마음의 풍금, 카르멘, 몽유도원도, 아이다 등에서 조연의 역할만 했다. 그리고 가면무도회에서 예진과 경쟁을 하며 주연급 아멜리아 역을 따냈다.

청중석의 박수 소리가 오래도록 소정의 뒤를 따라왔다. 소정은 긴 드레스 자락을 끌며 대기실로 들어갔다. 뒤따라온 명인이 웃으며 엄지손가락을 뽑아 올렸다. 소정은 기쁨을 감출 수 없었다. 같은 학교 이 년 선배이지만 소정이 천상오페라단에 입단하고 처음 만난 김명인이었다. 명인은 주연급 오페라 가수가 되어 있었다. 소정은 명인이 부러웠다. 학교에 다닐 때도 그랬다. 서초동에 사는 부잣집 아들이라고 했다. 거기다 몸짱과 얼짱에 목소리도 미성에 톤이 풍부해서 촉망받는 테너 가수로 여학생들에게 선망의 대상이었다. 소정은 이름도 모르는 지방 학생이었다. 고등학교 음악선생님의 특별한 지도와 소프라노 가수가 되고 싶다는 욕심으로 지방 도시에서 올라왔지만 수많은 수재들 속에 묻혀 있었다. 명인은 방송에도 가끔씩 출연해서 대중의 인기를 얻고 있었다. 명인이 자신의 상대역으로 소정을 추천했다는 소문도 있었다. 예진이 흘리고 다니는 것 같았다.

"선배가 잘 이끌어주어서 제가 살아나는 것 같아요. 고마워요 선배. 앞으로도 주욱……"

소정은 애교 섞인 목소리로 말했다. 김명인도 리카르도처럼 자신에 대한 사랑을 숨기고 있을 것이라고 생각했다.

"아니야. 소정의 소프라노가 훌륭했지."

명인이 힘을 주듯 말해주고 남자 탈의실로 들어갔다. 소정은 가슴이 뿌듯했다. 명인의 사랑까지 얻는다면 세상에 부러울 것이 없을 것 같았다. 소정도 탈의실로 향했다. 남편 레나아트에게 매달리는 중요한 아리아가 남아 있었다.

– 없애! 없애라고. 뭘 그렇게 고민해. 새끼는 앞으로 얼마든지 깔 수 있잖아.

유혹의 소리가 또 다시 들린다.

– 아니야. 그럴 순 없어. 소중한 생명이야.

또 다른 소리도 들린다. 문이 닫힌 창밖에서 매미들이 소리치는 것 같다.

– 소중한 생명이라고? 악마의 새끼라고 저주하면서.

소정이 머리를 번쩍 든다. 책상과 창문턱 사이에서 바퀴벌레가 기어 나오고 있다. 조금 전에 책상 밑을 기던 놈이다. 다갈색의 바퀴벌레가 작고 까만 눈으로 소정을 바라본다. 네 마음을 잘 알고 있지 하며 작은 입을 달싹거리고 있는 것 같다. 언뜻 보기에도 매미만한 큰 놈이 두렵지 않은지 몸에 비해 턱없이 작은 머리에 붙어 있은 긴 더듬이를 이리저리 움직이고 있다.

– 우리는 동료나 새끼를 잡아먹으면서도 삼억 오천만 년 동안 번

식해 왔거든. 너도 걱정할 것 없어. 인류는 우리와 함께 영원할 것이고 향락을 누리며 살 거니까. 너도 박수 받고 환호 받는 것을 좋아하잖아. 너는 그것을 잃을 수 없지.

바퀴벌레가 작은 턱을 나불대며 슬슬 위로 기어 올라오고 있다. 소정은 덜컥 겁이 난다. 아무도 모르는 비밀을 떠벌리고 다닐 것만 같다. 소정이 악마와 악전고투하고 있을 때도 벽에서 슬슬 기어 다니고 있었다.

– 요놈의 바퀴벌레!

소정이 쥐고 있던 책을 바퀴벌레를 향해 잽싸게 던진다. 그러나 바퀴벌레는 어느 사이에 사라지고 벽에 맞은 책만 모서리가 문드러진 채 책상 위로 널브러진다. 베르디의 오페라 가면무도회의 악보가 적혀 있는 책이다. 언제나 끼고 다니며 연습실에서나 집에서나 수도 없이 넘겨보아 손때가 묻어 있는 것이다.

첼로를 중심으로 한 묵중한 관현악이 울려 퍼졌다. 제 3막 레나아트의 집 서재였다. 소정은 애끓는 마음의 노래를 시작했다. 모든 감정을 노래로만 표현해야 하는 것이 오페라 가수다. 소정은 내 마지막 소원을 노래 불렀다. 청중을 휘어잡는 것 같았다. '내가 죽기 전 부디 하나뿐인 내 아이를 이 가슴에 안아보게 해주세요.' 목소리를 고조시키는 순간 뱃속에서 무엇인가 움찔하고 움직이는 것 같았다. 소정은 정신을 차리고 노래를 이어갔다. '어미의 마음에서 우러나는 간절한 소원을 거절하지 마세요.' 뱃속에서 마치 문을 두드리듯 탁 탁 치고 있었다. 소정은 깜짝 놀라 가사를 잃어버릴 뻔 했다. 객석이 아슬아슬하게 보였다. 소정은 정신을 차려 목소리를 다듬고 레나아트에게 매달리며 애원했다. '이제 죽기에 앞서 자식의 따뜻한 입맞춤으로 평안을 얻고 싶습니다.' 뱃속이 요동쳤다. 마치 살려달라고 뱃가죽을 찢고 나오려는 것 같았다. 소정은 목소리에 힘을 잃고 허둥댔다. 무대 밑에서 오케스트라를 지휘하는 지휘자의 눈빛이 휘둥그레지는 것이 보였다. 소정은 배를 움켜쥐고 주저앉았다. 청중의 동요가 느껴지는 순간 막이 내려갔다. 소정은 비틀거리며 대기실로 돌아왔다. 사람들이 몰려들었다.

"이소정! 무슨 짓이야? 공연을 말아먹으려고 작정한 거야!"

연출가가 뛰어와 구부리고 앉아 있는 소정에게 소리쳤다. 소정은 고개를 들지 못했다. 아무런 조짐도 없이 갑자기 나타난 폭거였다. 배가 아프거나 구역질이 났던 것도 아니었다. 아멜리아 역은 소프라노 안인희로 급히 교체되었다.

"집에 가서 근신하고 있어요. 이번 일은 단장님과 협의하여 조치하겠습니다."

연출가가 싸늘하게 말했다. 소정은 하늘이 무너지는 것 같았다. 주연을 맡고 첫 번째 공연이었다. 독창 연습을 하던 때와 수차례의 리허설 장면이 눈앞으로 스쳐 지나갔다. 꿈을 향해 달리던 기차가 낭떠러지로 떨어지는 것 같았다.

마귀의 자식이기 때문일까? 느닷없이 발길질을 해대다니. 소정은 뱃속에 악마의 자식이 있을 줄은 꿈에도 몰랐다. 오페라 극장에서 쫓겨나듯 나와 집으로 오는 중에도 뱃속은 아무 일 없었다는 듯 평온했다. 단지 배가 고플 뿐이었다. 무엇인가 먹고 싶었다. 공연에 에너지가 많이 소모되었는지도 몰랐다. 소정은 버스에서 내려 원룸으로 가는 길에 닭튀김 집을 보았다. 늘 그곳에 있는 집이었다. 그런데 지글거리며 기름 솥에서 주홍색으로 튀겨지는 닭을 보자 맹렬하게 먹고 싶었다.

소정은 눈물과 함께 닭튀김을 먹었다. 아버지 생각이 났다. 재혼도 하지 않고 오직 딸 하나만 위해 살아온 아버지였다. 부족한 돈을 보태주고 가끔씩 올라와 사는 형편을 보아주곤 했었다. 소정은 생전 먹지 않았던 소주가 생각났다. 술을 마시지 않고는 못 배길 것 같았다. 술에 흠뻑 취해 악마와 싸우고 싶었다. 악마의 자식이었다. 어차피 낳을 수 없는 핏덩어리였다. 뱃속에서 또 다시 탁, 탁, 탁, 발길질을 해댔다. 그러더니 우당탕 하고 소란을 벌였다. 소정은 배를 움켜쥐고 뒹굴었다.

병원에서는 임신 십팔 주째라고 했다. 의사가 말했다.

“아기는 건강하게 잘 자라고 있습니다. 축하합니다.”

소정은 축하라는 말에 하늘이 무너지는 것 같았다. 뱃속에서 악마의 씨가 자라고 있는 줄은 꿈에도 몰랐다. 입덧도 아무런 조짐도 없었다. 설마 했던 일이 현실로 나타난 것이었다.

"수술을 받을 수 없나요? 아기를 떼어내고 싶은데요."

소정이 말했다.

"중절 수술이라니요. 어떤 형편인지 모르지만 그냥 낳으세요. 귀중한 생명입니다. 산모의 건강에도 그게 좋고요."

여의사가 소정을 찬찬히 바라보며 말했다.

"그래도 낳을 수 없습니다. 선생님! 수술을 받게 해 주세요."

소정이 사정했다.

"그렇더라도 절차를 밟아야 하고요. 배우자와 함께 오거나 동의를 얻어 와야 합니다."

의사가 타이르듯 말했다. 현행 낙태법도 설명했다. 불법 낙태는 의사까지 처벌 받는다고 했다. 소정은 가슴이 철렁했다. 아기의 아버지라니…… 얼굴도 모르는 악마였다. 소정은 명인이 원망스러웠다. 명인이 전화로 불러내지만 않았더라도, 불러내놓고 게으름을 피우지만 않았더라도 그런 일은 없었을 것이다. 소정은 원망과 좌절이 엉키어 힘없이 병원을 나왔다.

눈치를 챈 아버지가 물었다. 실망이 여간 큰 것 같지 않았다.

"어떻게 된 일이냐? 아버지에게 소상히 말하거라."

소정은 말할 수 없었다. 아버지는 더 이상 캐묻지 않았다.

"배가 불러 오르기 전에 결혼식을 올려야 되지 않겠느냐."

똑똑한 딸이라고 믿는 것 같았다. 그리고 서둘러 시골집으로 내려갔다. 결혼 준비를 하려는 것인지도 몰랐다.

“너는 생각이 바르고 매사 합리적인 천성이다. 딴따라 놈을 쫓아간 너의 어머니와는 다르다.”

소정이 아무런 연락도 하지 않자 다시 올라온 아버지가 다그쳤다. 평생을 강력계 형사로 일했던 아버지였다. 자식이라고는 하나뿐인 딸을 검사나 판사를 만들고 싶어 했었다. 그러나 소정은 공부보다 노래가 좋았다. 고등학교 때도 반에서 늘 5등 안에 들었지만 클래식 CD만 들었다. 음악이 좋은 것은 어쩔 수 없었다. 소정은 아버지의 뜻에 따라 공부도 열심히 했지만 가슴을 울리는 음악을 접을 수는 없었다. 여고 때에도 학교 합창 반에 들어갔고 소정의 음악적 재능에 눈독을 들인 선생님이 특별히 성악 연습도 시켰다. 그 결과 전국 고등학생 성악 경연 대회에서 상을 받았고 대학도 특기생으로 쉽게 들어가게 되었다.

어머니는 고향의 가수였다. 지방 가요대회에 나가 장원을 하고 노래를 취입하기도 했다. 봉사활동도 다니고 어쩌다 지방방송국 무대에도 나갔다. 그러더니 밤무대에서 만난 사내와 야반도주 했다. 소정이 중학교 이 학년에 올라가던 봄이었다.

소정은 어머니가 노래에 미쳐 집을 나갔다고 생각하지 않았다. 아버지와 어머니는 생활 방식이나 생각이 달랐다. 아버지는 세상의 온갖 악을 찾아내어 잡아들이고 또 보듬어 안았다. 불량 청소년들에게는 박봉을 쪼개어 도와주고 일자리를 알아봐주기도 했다. 어머니는 질색이었다. 어머니는 세상일엔 관심 없이 자신의 욕망과 행복을 추구하는 쪽이었다.

소정은 강바람을 맞으며 서 있었다. 더위가 기세를 꺾은 시월이었다. 강바람은 시원하고 서늘했다. 소정은 옷깃을 여미었다. 명인이 무슨 말을 하려고 반포한강공원까지 나오라고 했는지 궁금했다. 데이트를 신청한다고 했다. 반포대교의 무지개분수가 갖가지 색깔로 세차게 물을 뿜고 있었다. 소정은 분수만큼이나 차오르는 기대에 가슴이 벅찼다. 아직 집으로 들어가지 않은 사람들도 많았다. 소정은 명인이 만나자는 나무 아래서 화려한 분수를 바라보고 있었다.

남자가 뒤에서 껴안는 것 같았다. 소정은 평시에는 하지 않던 명인의 행동에 기쁜 마음으로 남자의 손을 잡았다. 그러나 다음 순간, 손이 위로 올라오는가 싶더니 이물체가 얼굴을 강하게 압박해왔다. 젖은 수건 같았다. 소정은 헉하고 숨을 들이마시는 순간 정신을 잃었다. 그리고 정신을 차린 곳은 알 수 없는 방이었다.

"자, 이제 우리 한바탕 사랑놀이를 벌여볼까?"

남자가 소정을 침대에 밀어 넣으며 말했다. 밝은 빛에 드러난 남자는 자객 사무엘의 가면 같은 것을 쓰고 있었다.

"당신 누구야!"

소정이 깜짝 놀라 소리쳤다.

"나? 그건 알 것 없고 옷이나 벗으시지."

가면 속 남자가 느글거렸다. 소정은 몸을 움츠리며 남자의 얼굴을 노려보았다. 남자의 인상착의를 머릿속에 새겨두고 싶었다. 그러나 가면으로 뒤덮인 얼굴은 알아볼 수가 없었다.

"그렇게 긴장할 필요는 없어. 나는 지극히 선량한 남자거든. 우린 멋지게 섹스를 즐기면 돼. 서로가 그럴 나이 아닌가?"

가면에 뚫린 눈구멍에서 검은 눈동자가 번득였다. 말과는 달리 저승에서 온 악마 같았다.

"살려주세요. 저는 곧 결혼할 애인이 있습니다."

소정이 무릎을 꿇으며 애원했다. 머릿속으로 한강둔치를 헤매고 있을 명인의 얼굴이 떠올랐다.

"애인? 그 애인을 위해서라도 이곳에서 무사히 나가야 되겠네. 누구에게나 살면서 한두 번의 실수는 있거든."

악마가 비웃으며 옷을 벗기려 들었다.

"내 몸에 손을 대면 혀를 깨물어 죽을 거야!"

소정이 날카로운 눈으로 악마의 눈을 똑바로 쳐다보았다.

"아하, 죽고 싶다? 내가 죽여주지."

악마가 거칠게 소정의 옷을 벗겼다. 소정이 반항하며 가면을 벗기려 했지만 역부족이었다. 악마는 힘이 세고 능숙했다. 눈에서 불이 번쩍하도록 따귀를 얻어맞고 손을 제지당했다. 소정은 몸부림쳤다. 그 후로는 어떻게 되었는지 몰랐다. 눈을 떴을 때는 한강둔치에 버려져 있었다.

소정에게서 사실을 확인한 아버지는 지그시 눈을 감고 이를 악물었다.

"법과에 가라고 그렇게 말했더니만……"

한참만에야 눈을 뜬 아버지가 회한을 토해내듯 말했다. 어머니가 소정을 망쳐 놓았다고 생각하는 것 같았다. 소정은 할 말이 없었다. 깊은 밤중에 어떻게 또 다시 한강 둔치에 내팽개쳐졌는지 알 수 없었다. 다 큰 여자가 자기 몸 하나 간수하지 못한 것이 죄송할 따름이었다.

"내가 그놈을 꼭 잡아내고 말겠다."

아버지는 잘라 말했다. 그리고 오페라단의 주소와 그날 만났다는 김명인과 예진의 인적사항을 대라고 재촉했다. 관할 경찰서에 찾아가 수사 의뢰하고 함께 조사하겠다는 것이었다. 소정은 가슴이 철렁했다.

"아버지 그러면 저의 인생은 끝장입니다. 만일 소문이 나면 어느 오페라단에서도 저를 받아주지 않을 겁니다."

소정은 아버지의 손을 잡고 애원했다. 김명인도 프리마돈나도 놓치고 싶지 않았다

"그러면 나보고 어쩌란 말이냐?"

아버지는 분을 참지 못했다. 강력계 형사로 한평생을 살아온 아버지였다.

"허튼 생각은 말거라. 소중한 생명이다."

아버지가 한참만에야 감정을 수습하고 말했다. 소정은 적이 놀랐다. 세상 누구보다도 소정의 행복을 바라던 아버지였다.

– 악마의 새끼는 세상에 있으면 안 되지. 언젠가는 너를 물고 늘어질지 모르거든. 지난번 무대에서처럼 말이야.

어디선가 속삭이는 소리가 들렸다. 소정은 아버지를 보았다. 아버지는 눈치 채지 못한 것 같았다. 바퀴벌레가 분명했다. 바퀴벌레가 책상 밑에서 슬금슬금 기어 나오고 있었다. 소정이 움칠했다. '요놈의 바퀴벌레를……' 소정이 방바닥에 있는 걸레를 들자 바퀴벌레는 작고 까만 눈을 굴리며 다시 책상 밑으로 기어 들어갔다.

소정이 책상에서 벌떡 일어나 창문을 연다. 가슴이 답답하고 목이 마르다. 소정이 싱크대로 간다. 아무리 생각해도 답이 없다. 소정이 수도꼭지에 입을 대고 벌컥벌컥 물을 들이마신다. 정신이 아찔하다. 박수 소리가 소낙비 소리처럼 쏟아지는 것 같다. 오페라 가면무도회의 마지막 장면이 끝난 후다. 소정이 그렇게도 바라던 박수 소리다. 소정은 악마의 씨가 방안에 버젓이 존재하고 있다는 생각에 몸서리친다.

소정은 수건에 물을 흠뻑 적신다. 이제 매미가 아무리 울어대도 소용이 없다. 악마의 새끼는 세상에서 사라지는 것이 옳다. 바퀴벌레의 말이 옳은 것 같다. 아버지가 알아서 하겠다고 말했지만 언제 어떻게 위해를 당할지 모른다.

– 슬픔과 고뇌가 너에게 휘몰아치는구나! 비참한 운명! 너의 운명이여!

물수건을 들고 주방에 서있던 소정이 깜짝 놀란다. 가면무도회 공연에서 자신이 불렀던 아리아다.

– 악마와 죽어가는 희생자 사이에서 가슴은 사랑의 가책으로 저주스럽구나!

리카르도의 애절한 노랫소리도 들리는 것 같다. 소정은 정신을 똑바로 차린다.

– 네 소중한 아기야. 낳았으면 잘 키워야지. 그게 살아가는 것들의 의무거든.

주방 창문 밖에 커다란 매미가 붙어 있다. 방 창문에 붙어 있던 놈인지 다른 놈인지 알 수 없다. 통통한 몸체를 슬금슬금 움직이고 있다. 언제 날아와 붙었는지 몸집이 작은 놈이 또 있다. 두 마리가 주방 창문에 붙어 슬슬 기어 다니고 있다. 주방 안을 살펴보고 있는 것 같다. 아니 가슴 속을 들여다보고 있는 것인지도 모른다.

– 안 되지. 언제 네 인생은 망치게 될지 모르지. 수많은 관중 앞에 화려하게 등장하는 네 인생 말이야.

소정이 움찔 놀라 뒤돌아본다. 바퀴벌레다. 이번에는 싱크대 밑에서 더듬이를 흔들며 기어 나오고 있다. 커다란 놈을 필두로 작은 놈들이 한 마리 두 마리 연이어 기어 나오고 있다. 반짝이는 작은 눈들이 소정의 마음을 꿰뚫어보고 있는 것 같다. 소정이 두 손으로 귀를 틀어막고 주저앉는다. 악착같이 달려드는 놈들을 당해낼 힘이 없다. 가슴이 쿵쾅거린다. 퉁퉁 부어 오른 젖이 아리고 쓰리다. 눈앞이 캄캄하다.

– 당신이 어느 하늘 아래 있더라도
나의 열망이 당신에게 도달하리라

어디선가 귀에 익은 아리아가 들린다. 소정이 주저앉아 아리아에 귀를 기우린다. 노랫소리가 점점 가까이 다가온다.

– 당신의 사랑은 내 가슴
깊은 곳에 자리 잡고 있으리
그렇지만 불길한 예감이
나에게 휘몰아치는 구나

리카르도 역인 김명인이 부르던 아리아다. 가면무도회의 마지막 장면, 그렇다. 리카르도는 친구이자 비서인 레나아트의 칼에 찔려 죽어가면서도 그와 그의 아내 아멜리아를 외국으로 보낼 임명장을 건네주었다. 그리고 레나아트와 그의 자객들을 용서해줄 것을 부탁했다. 소정이 벌떡 일어나 점점 크게 들리는 노랫소리를 따라간다. 작은 거실을 지나 방안으로. 책상 위에서 핸드폰이 거세게 울고 있다. 소정이 다급하게 핸드폰을 집어 든다. 리카르도! 소정은 한참을 망설이다 핸드폰을 서서히 귀로 가져간다.

"납니다. 리카르도. 집이 어디입니까? 에덴원룸 맞지요. 몇 동 몇 호입니까?"

김명인이 숨도 돌리지 않고 말한다. 소정은 깜짝 놀란다. 기쁘고 두렵다. 천상오페라단에서 쫓겨나온 후 몇 번인가 전화가 왔지만 받지 않았었다. 명인이 아기를 본다면……? 소정은 숨 가쁜 고심 끝에 방의 위치를 알려준다. 그냥 이대로 김명인을 만나 이야기하고 싶다.

"전화도 받지 않고, 숨어 지내면 못 찾을 줄 알았어?"

김명인이 방으로 성큼 들어서며 화를 낸다. 소정은 그런 명인이 야속하다.

"이 아기는……?"

명인이 흠칫 놀란다.

"한강둔치에서 만나자던 것을 잊었나요?"

소정은 한을 풀고 싶다.

"그랬었지. 그런데……?"

"왜 약속시간에 나오지 않아 나를 이 지경으로 만들었지요?"

"그러면 그때 무슨 일이……?"

김명인은 공연 도중 소정이 배를 움켜쥐고 쓰러지던 장면을 생생하게 기억한다. 비틀거리며 오페라단에서 쫓겨나가던 것까지. 명인은 소정을 부축해 데려다주고 싶었지만 이어지는 공연 준비에 마음만 애달팠다.

"이제 다 끝난 일입니다."

"아니야. 끝나지 않았어. 이제부터 시작이야."

김명인이 소정을 와락 끌어안는다. 그리고 격정적으로 말한다.

"소정이 잘못이 아니야. 내 잘못이 크지. 우리가 한밤중에 황량한 들판 사형대 옆에서 오랫동안 사랑을 고백했던 것처럼 우리의 사랑은 어느 누구도 몰라. 소정의 비밀도. 내가 그 사랑을 찾아 얼마나 헤매었는지 알아!"

소정도 애끓는 마음으로 명인에게 매달린다.

- 그래, 그래, 그렇지. 사랑과 용서는 아름다운 거야. 한 계단, 사랑. 한 계단, 용서. 밟고 올라가봐. 신비로운 세상이 펼쳐질 것이니.

어디선가 노랫소리가 들린다. 오페라가 끝나고 모든 가수들이 무대로 나와 합창하는 것 같다. 명인과 소정이 벅찬 가슴으로 노래 소리가 들리는 쪽을 바라본다. 열려진 창밖 어둠 속의 나무에 몇 마리인지 모를 매미들이 붙어 앉아 귀가 따갑게 노래를 부르고 있다.

아리랑 랩소디

밤하늘에 별들이 총총했다.
수많은 별빛들이 은영과 나를 축복해주고 있는 것 같았다.
은영과 나는 은하수를 건너 만난 직녀와 견우 같았다.
우리는 그렇게
서로 다른 세상에서 살아온 날들에 대하여 이야기를 나누었다.

나는 움찔하는 느낌에 깜짝 놀라 눈을 뜬다. 얼마나 잤던 것일까? 밤새워 지키고 있으려 했는데. 집이 떠내려가고 있다. 목선과 집이 밧줄로 연결되어 있었던가? 목선도 떠내려가고 있는 집에 끌려가고 있다. 어젯밤 은영을 끌어안고 물속에서 떠올랐을 때 바로 옆에 있던 목선이다. 목선이 이 미터 정도의 짧은 밧줄로 집에 이어져 있다. 집은 왜 떠내려가고 있는 것일까? 나는 어리둥절한 눈으로 사방을 둘러본다.

아침 해가 수평선 위로 떠오르고 있다. 붉게 물든 호수에 모여 있는 크고 작은 수상가옥에서 아낙들이 나와 물에 쌀을 씻고 물고기도 다듬고 있다. 어떤 집은 닭들이 꼬꼬거리며 집 주변을 돌아다니고, 어떤 집은 작은 우리에서 돼지들이 먹이를 달라고 꿀꿀거리고 있다. 잎이 크고 넓은 화초식물과 붉은 꽃들이 아침 햇살을 받아 싱그럽게 보인다. 가까이 있는 집에서 사람들이 끌려가는 목선에 널브러진 은영과 나를 이상하다는 듯이 지켜보고 있다. 나는 몸을 낮추고 앞을 바라본다. 떠내려가고 있는 집이 한 채가 아니다. 옆집과 그 옆에 또 한 집, 세 채가 서서히 미끄러져 내려가고 있다.

어디로 가고 있는 것일까? 도무지 알 수가 없다. 물속을 자맥질하는 사람도 있고 그물을 던지는 사람도 있다. 어떻게 물속을 헤맸던 것일까. 그리고 은영을 어떻게 발견했는지 생각이 나지 않는다. 가까이로 작은 배 한 척이 잡화와 식료품 등 물건을 잔득 싣고 지나간다. 어딘가로 장사를 나가는 모양이다. 평화로운 일상의 모습이다. 우리를 쫒아 물속으로 뛰어들었을 추격자들은 어디로 간 것일까? 이제 이 평화로운 수상마을을 지나 베트남으로 가면 우리가 원하는 곳으로 갈 수 있을 것이다. 그들에게 발견되지 않은 것은 행운이었다. 목선이 있는 곳으로 떠오른 것도 행운이었다.

삼포트를 입은 은영이 캄보디아 시장 여자들처럼 초라하게 보인다. 그제 오후에 수상상점에서 급히 산 옷이다. 옷은 아직도 다 마르지 않았다. 빨간 유니폼에 하얀 앞치마를 두르고 생글생글 웃으며 테이블 사이를 지나다니던 은영과는 전연 다른 모습이다. 나는 인민복을 벗어 햇빛에 노출된 은영의 얼굴을 가려준다. 죽음과 삶의 경계를 넘어 따라와 준 은영이다. 천국과 지옥을 함께 헤매었다.

엊그제 오후 두 시, 아시아뱅크에서 저축했던 돈을 모두 달러로 찾아 미리 예약한 택시를 타고 갔을 때였다. 은영은 나와 있지 않았다. 나는 옆문에서 조금 떨어진 곳에 택시를 대기하고 초조하게 기다렸다. 운전기사가 무슨 일이냐는 듯 나를 돌아보았다. 나는 초조한 마음을 감추기 위해 기사를 외면했다. 그렇게 십여 분, 은영이 작은 쪽문으로 얼굴을 내밀고 두리번거렸다. 빨간 유니폼에 하얀 앞치마를 두른 채였다. 나는 잽싸게 뛰쳐나가 은영의 손을 잡아채어 택시로 끌어들였다. 은영이 놀란 얼굴로 나를 바라보았다. 나는 재빨리 운전사에게 포이펫으로 가자고 했다. 포이펫으로 가기만 하면 태국 국경을 넘는 데는 별 문제가 없을 것이라고 정 계장이 말해 주었다. 비포장도로이므로 다섯 시간은 걸릴 것이라고 했었다.

"거기까진 너무 멉네다."

은영이 갑자기 말했다.

"그 사이 내가 없어진 것을 알면 경찰에 의뢰해 검문검색을 할지도 모릅네다."

나는 어떻게 해야 좋을지 몰랐다. 운전기사가 또 다시 뒤를 돌아보았다. 다급한 순간이었다. 나는 순간 톤레샵 호수를 떠올렸다. 정 계장과 수상가옥 관광을 했을 때 알아둔 집도 있었다. 하룻밤을 묵었던 집 주인 레 반 투언 씨는 육십 대 후반의 마음씨 좋은 사람이었다. 남부 베트남이 공산화될 때 가족을 이끌고 숨어들어왔다고, 호수의 수상가옥에는 남부 베트남에서 숨어 들어온 사람들이 많이 살고 있다고 말하기도 했었다. 나는 운전기사에게 톤레샵으로 가자고 말했다. 운전기사가 불만스러운 듯 바라보더니 급하게 가속 페달을 밟았다. 비포장도로지만 자동차로 이십 분 정도의 거리였다. 도로 옆으로 원두막 같은 집들이 스쳐 지나갔다. 호수까지는 흙먼지만 뽀얗게 일어날 뿐 따라오는 차는 없었다.

운전기사는 겨우 이십여 분을 오고도 예약한대로 포이펫 요금을 달라고 했다. 나는 어쩔 수 없이 요구하는 돈을 다 주었다. 운전기사가 의심의 눈초리로 나와 은영을 훑어보고 있기 때문이었다.

레 반 투언 씨는 두 달 전의 나를 기억했다. 정 계장과 방문했던 날 하루 방값을 두둑이 준 것을 잊지 않고 있는 것 같았다. 나는 은영과 이곳까지 온 경위와 앞으로의 계획을 털어놓았다.

"이곳에서는 돈이면 안 되는 일이 없으니 걱정 말아요. 동력 보트로 가면 베트남까지도 세 시간 정도면 갈 수 있을 것입니다."

투언 씨가 대수롭지 않다는 듯이 말했다.

"메콩강에서는 조사도 심하지 않고 설령 걸리더라도 돈만 주면 해결할 수 있을 것입니다. 내가 동력보트를 수배해보겠습니다."

나는 투언 씨의 호의에 가슴을 짓누르고 있던 돌덩어리 같은 걱정을 내려놓았다. 베트남까지 간다면 서울로 가는 데는 별 문제가 없을 것 같았다. 호수 가운데에 붙박이로 지어진 투언 씨의 집은 꽤나 크고 튼튼했다. 길고 굵은 시멘트기둥들이 떠받히고 있어 갈수기에는 수면이 집 밑으로 한참 내려가 있고 우기에는 집 바로 앞까지 물이 찰랑댄다고 했다. 방이 세 개에다 거실도 크고 텃밭과 돼지우리도 있었다. 투언 씨는 나와 은영에게 정 계장과 묵었던 방을 내주었다. 방은 비록 작고 슬레이트 지붕이지만 뜨거운 햇볕에도 덥지 않았다. 열어 놓은 창문으로 수평선이 보이고 불어오는 물바람이 시원했다. 은영도 앙코르와트의 숲속에서와는 달랐다. 나는 은영에게 다가가 끌어안았다. 은영의 가슴이 방망이질 쳤다. 밤하늘에 별들이 총총했다. 수많은 별빛들이 은영과 나를 축복해주고 있는 것 같았다. 은영과 나는 은하수를 건너 만난 직녀와 견우 같았다. 우리는 그렇게 서로 다른 세상에서 살아온 날들에 대하여 이야기를 나누었다. 서로의 세계에서 키워온 소중한 것들이었다. 우리는 순정한 마음과 자유의 기쁨을 얻었다. 은영은 순박했다. 사랑을 모르는 처녀처럼. 우리는 그렇게 사랑을 나누었다.

그러나 다음날이 되자 생각지도 못했던 일이 터졌다. 수상경찰서에서 납치범을 수색하고 다닌다는 것이었다. 주변 상황이 급박하게 돌아갔다. 나와 은영은 두려움에 떨었지만 투언 씨는 걱정하지 말라고 다 피해갈 방법이 있다고 우리를 안심시켰다. 그러나 오후가 되자 가가호호 가택수색까지 하고 다닌다는 소문이 돌았다. 투언 씨가 커다란 대바구니 같은 것 두 개를 물 위에 내려놓았다.

"이래 뵈도 작은 배와 다를 것이 없습니다. 경찰의 수색이 끝날 때까지 집 밑에 숨어 있으면 됩니다. 밖에서는 보이지 않을 것입니다."

들어가 앉으니 뒤뚱거려 불안했지만 가라앉지는 않았다. 대쪽 사이가 접착재로 밀폐되어 물이 새어 들어오지도 않았다. 집 밑도 수면과 높이가 있어 앉아 있을 만했다. 투언 씨의 말대로 밖에서 다니는 배에서도 보이지 않을 것 같았다. 그렇게 얼마 지나자 핸드마이크 소리가 들렸다. 한국말이었다.

"이은영 동무는 나와라. 동무는 납치되었다. 극악무도한 납치범을 뿌리치고 나와라. 여기에 경찰이 있다. 안심하고 나와라. 공화국의 부모형제가 동무를 기다리고 있다."

은영이 안절부절못했다.

"걱정 마. 우리는 안전하니까. 저들은 우리를 발견하지 못할 거야."

나는 은영에게 속삭였다.

"공화국에 있는 어머니, 아버지, 동생이……"

나는 은영의 입을 손으로 막았다. 그리고 빠르게 속삭였다.

"저들의 협박일 뿐이야. 결코 그런 일은 없을 거야. 언젠가는 남쪽으로 모시고 올 수도 있어."

터무니없는 말도 아니었다. 서울에도 탈북한 사람들이 많이 살고 있고 중국의 브로커에게 돈만 주면 북한에서 얼마든지 사람을 빼내올 수도 있다는 말도 들었다. 수색하는 사람들이 집안을 이리저리 뒤지고 다니는 것 같았다. 위에서 구둣발이 머리를 밟듯이 쿵쿵거렸다. 나는 은영의 손을 꼭 잡은 채 숨소리 하나 내지 않고 기다렸다. 멀리 수평선으로 내려앉는 둥근 태양이 호수를 온통 붉게 물들이고 있었다. 지붕 밑까지 파고 들어오는 붉은 노을, 그 노을에 물든 은영의 얼굴이 예사롭지 않게 보였다. 사랑의 간절함과 현실의 두려움에 물든 주홍빛 마음의 갈피 같았다. 나는 그 마음의 갈피를 헤집고 들어가 볼 수 없는 것이 안타까웠다. 석양빛은 한순간이었다. 붉은 태양이 수평선으로 사라지자 어둠이 찾아왔다. 그리고 그 순간 귀를 때리는 스피커 소리가 들려왔다.

"우리는 은영 동무가 어디에 숨어 있는지 알고 있다. 어서 나와라!"

은영이 깜짝 놀라며 나를 끌어안았다. 나도 은영을 가슴으로 받아 안았다. 그러자 기울어지는 은영의 대바구니로 물이 쏟아져 들어왔다. 은영이 깊은 호흡을 거듭하며 물속으로 빨려 들어갔다. 나는 온 힘을 다해 은영을 끌어올리려 했다. 하지만 기울어진 내 대바구니에도 물이 넘쳐 들어왔다.

"은영아아아……"

나는 입 밖으로 나오려는 소리를 삼키며 은영을 좇아 들어갔다.

은영이 알아들을 수 없는 헛소리를 하는가 싶더니 깜짝 놀라 깨어난다. 악몽을 꾸었는지 넋이 나간 사람처럼 주변을 두리번거린다. 뒤로 묶어 예쁜 핀을 꽂았던 머리는 산발이 되어 있고 눈은 퀭하게 들어가 있다. 입술도 하얗게 말라붙어 있다.

"물. 물."

정신을 차린 은영이 물을 찾는다. 그러나 마실 물이 없다. 물속을 숨바꼭질 하듯 헤맨 나 또한 목이 마르고 배가 고프다.

"조금만 참아요. 자유롭게 움직일 수 있으면 상점을 찾아 먹고 마실 것을 살 수 있을 거니까."

나는 은영을 위로한다. 하지만 어떻게 해야 좋을지 알 수 없다. 매어 있는 줄을 풀고 싶지만 목선을 저어갈 삿대도 없다.

"우리 지금 어디로 가고 있어요?"

은영이 깜짝 놀라 묻는다.

"나도 몰라. 집이 우리를 끌고 가고 있어."

"북조선으로 가고 있는 게 아니어요? 대사관에서 우리를!"

은영이 펄쩍 뛴다.

"그렇진 않아. 걱정 말아요. 어떻게든 이곳을 빠져나갈 테니까."

나는 은영을 안심시킨다. 은영이 다시 사방을 둘러본다. 주변은 드넓게 펼쳐진 호수뿐이다. 나는 은영을 가슴에 꼭 끌어안는다. 은영도 나를 의지하듯 끌어안는다. 내가 가졌던 고정관념과는 달리 순박하고 마음 여린 은영이다. 앙코르와트에서 처음 끌어안을 때부터 나는 은영의 마음을 알았다.

떠내려가는 집들이 수상가옥이 몰려 있는 쪽으로 천천히 미끄러져 가고 있다. 넓은 호수 옆으로 모여 있는 집들은 가지각색이다. 주변으로 옷을 파는 상점도, 슈퍼마켓도, 식당도, 학교와 교회도 있고 관공서 같이 큰 집도 보인다. 육지의 어느 도시나 마찬가지 같다. 끌려가고 있는 집을 보니 널빤지 바닥에 가느다란 각목 기둥이 세워져 있고 벽은 나무판자와 대나무발로 가려져 있다. 지붕은 녹색을 칠한

양철 판으로 덮여 있다. 방은 하나인 것 같다. 집 앞쪽으로 동력선이 보인다. 동력선이 세 채의 집을 끌고 가고 있다. 나는 투언 씨의 말을 떠올렸다.

"저만치 보이는 호숫가의 작은 집들은 갈수기가 되면 호수의 수면이 내려가므로 좀 더 깊은 곳으로 집을 옮기며 살고 있지요."

투언 씨와 셋이서 거실에 앉아 맥주를 마시고 있을 때였다.

끌려가던 집들이 속도를 늦추기 시작한다. 이곳 어딘가에 자리 잡을 모양이다. 넓게 퍼진 호수 저만치 초등학교가 보인다. 아이들 떠드는 소리에 섞인 확성기 소리도 들린다. 소리가 웅 웅 울려 잘 알아들을 수 없는 캄보디아 말이다. 학교에서 들려오는 것 같다. 그런데 이상하다. 확성기 소리가 연이어 들리자 동력선의 엔진 소리가 높아지더니 집이 속력을 내어 달아나기 시작한다. 함께 이동하던 두 채의 집은 그 자리에 멈춰 있는데 목선이 묶인 집만 달아난다. 확성기 소리가 점점 가까이 다가오자 집도 속력을 내며 호수 가운데로 나간다. 두 채의 집을 떼어낸 동력선이 빠르게 달린다.

"저기에 경찰 배가…… 경찰이 쫓아오고 있어요!"

은영이 깜짝 놀라 소리친다. 언제부터 따라왔던 것일까. 이십 미터쯤 뒤에서 두 척의 배가 핸드마이크로 소리치며 달려오고 있다. 목선을 끌고 가는 집도 만만찮은 속도로 달아난다. 목선이 뒤집힐 것 같다. 나는 목선의 중심을 잡기 위해 두 손으로 배의 양쪽 난간을 잡아 조종하며 은영에게 바닥에 엎드려 있으라고 소리친다. 경찰 배와 거리가 점점 좁혀지고 있는 것 같다. 나는 조마조마한 마음으로 동력선이 좀 더 힘을 내기를 기원한다. 집주인이 달아나는 이유는 알 수 없지만 나에게는 한없이 고마운 사람이다. 나는 고마움과 의구심에 2미터쯤 가까이에 있는 집을 바라본다. 달리는 속도에 대나무발로 된 벽이 날리며 집안이 들여다보인다. 한쪽으로 침대가 있고 누군가 침대에 붙어 있다. 맞은 편 벽에 작은 TV가 놓여 있고 옆으로 지저분한 옷가지들이 걸려 있다. 앞쪽으로 칸막이가 반쯤 트여 있는 주방이 있고 그 앞에 서서 집을 끌고 가는 동력선에 소리치고 있는 사람이 보인다.

"너희는 우리 손 안에 있다. 배를 멈추고 투항하라."

캄보디아 말이 계속 들려온다. 은영이 바닥에 몸을 바짝 엎드린다. 동력선이 호수의 하류 쪽으로 달아나고 있는 것 같다. 나는 동력선이 힘을 내어 더욱 빨리 달아나기를 간절히 빈다. 하류로 계속 간다면 베트남이 나타날 것이고 베트남에 들어가기만 한다면 대한민국 대사관의 보호를 받을 수 있을 것이다.

핸드마이크 소리가 더욱 크게 들려온다. 캄보디아 말이라 잘은 모르지만 '왜 달아나느냐. 너희에게는 아무런 죄가 없다. 우리는 매달려가는 목선을 잡으려는 것이다.'하고 소리치는 것 같다. 그러나 집주인은 아랑곳하지 않고 계속 달아난다. 도둑놈이거나 강도? 아니면 마약 밀매업자? 어쨌든 경찰에 붙잡히면 죗값을 치를 범죄자임이 분명한 것 같다. 나는 그런 사람의 집에 선택된 것이 천운이라고 생각한다. 물속 깊이에서도 살아났었다. 경찰에 쫓기는 범죄자의 집을 선택한 것도 하늘이 내려준 행운이 아닌가. '그래. 당신과 우리는 천성이 다르지만 지금은 같은 운명이니 달려라 달려!' 나는 속으로 소리쳤다. 운명적으로 만난 은영이다.

시엠립에 온지 일 년 가까이 되던 때였다. 중앙시장 네거리에 사람들이 모여 떠들고 있었다. 다가가보니 사람들 가운데에서 캄보디아 젊은이가 아가씨 세 명에게 시비를 걸고 있었다. 옆에는 자전거가 쓰러져 있고 아가씨들은 불안에 떨고 있었다. 그 중에서도 집중적으로 공격을 받고 있는 아가씨는 얼굴이 빨개진 채 쩔쩔매고 있었다. 매력적인 몸매와 예쁜 얼굴의 아가씨였다. 캄보디아 젊은이가 큰 소리를 치며 윽박질렀다. 나는 함께 간 정 계장에게 왜 저러는지 물어보았다. 정 계장이 저놈이 너 때문에 넘어져 다쳤으니 오십 달러를 내라고 협박하고 있다고 말했다. 일부러 외국인에게 시비를 걸어 돈을 뜯어내는 건달이라는 것이었다. 바짝 말라 힘도 없어 보이는 놈이었다. 아가씨들은 당장 가지고 있는 돈이 없는 모양이었다. 나는 화가 나서 그놈에게 다가가려고 했다. 그러자 정 계장이 말렸다. 이곳 경찰의 잣대가 엉망이니 끼어들지 말라는 것이었다. 나는 보다 못해 지갑에서 오십 달러를 꺼내 그놈에게 주었다. 아가씨들이 고맙다고 몇 번이나 머리를 숙였다. 한국에서 온 관광객이라고 했다. 나는 자꾸만 뒤돌아보며 가는 그녀를 멀리까지 지켜보았다.

그리고 일주일이 지난 뒤였다. 호텔건설 지원팀 다섯 명이 처음으로 평양냉면관에 갔을 때였다. 나는 커다란 단층 건물의 지붕 밑에 붉은 글씨로 길게 써 붙인 간판을 보는 순간 언뜻 두려움과 거부감 같은 것을 느꼈다. 한번 안으로 들어가면 다시는 못 나올 것 같았다. 외국이지만 기분이 묘했다. 그러나 일행을 따라 들어선 식당 풍경은 생각과 달랐다. 넓은 식당 안은 관광객들로 어수선했고, 여기저기서 떠들고 있는 관광객들은 모두가 한국 사람들 같았다. 옆쪽에 있는 커다란 공연무대도, 날씬하고 예쁜 종업원들도 인상적이었다. 우리 일행을 예약한 자리로 안내하던 아가씨도 생글생글 웃는 모습이 참으로 예뻤다. 나는 순간 어디서 보았더라? 하는 생각이 번개처럼 스쳐갔다. 나를 본 아가씨도 반가우면서도 두려운 듯 묘한 표정을 지었다. 아! 그때 그 아가씨? 나는 의자에 앉으며 아가씨를 다시 보았다. 그때는 분명히 한국에서 왔다고 말했었다. 그런데, 그 아가씨가 여기에 있다니…… 나는 놀라움과 기쁨에 가슴이 뛰었다.

재료를 북한에서 직접 공수하여 만들었다는 냉면은 맛이 있었다. 김치도 그랬다. 시엠립에 있는 한국식당에서 먹어본 것보다 맛이 좋았다. 나는 지나가는 그녀에게 바닥이 난 김치 접시를 주며 다시 부탁했다. 김치 접시를 가지고 온 그녀가 나에게 머리를 까딱해 인사를 했다. '그때는 정말로 고마웠습니다.'라고 말하는 것 같았다.

그 순간 접시를 받으려는 내 손과 그녀의 손이 부딪쳤다. 나는 전해오는 짜릿한 감촉에 손을 움찔했다. 그 바람에 김치 접시가 바닥에 떨어져 '쨍그랑' 소리를 내며 깨졌다. 그녀는 얼굴이 빨개지며 어쩔 줄 몰라 했다. 나는 의자에서 벌떡 일어나 바닥에 흩어진 접시 조각들을 끌어 모았다. 그녀도 괜찮다며 내 옆에 쪼그리고 앉아 김치 조각들을 쓸어 쟁반에 담았다. 다른 직원이 빗자루와 쓰레받기를 가지고 오는 짧은 순간 우리는 숨이 거칠어졌고 나는 숨이 멎을 것 같았다.

그 후, 나는 냉면을 먹는 동안 그녀만 보았다. 주방에서 나올 때나 다른 테이블에 음식을 나를 때도 내 눈은 그녀만 따라다녔다. 연애 한 번 제대로 해보지 못한 마음속으로 들어온 그녀였다. 식사가 끝나고 무대에서 '반갑습니다.'를 합창할 때도 춤을 출 때도 나는 그녀만 바라보았다. 우리 가요 '신사동 그 사람'을 독창할 때는 그녀도 크고 까만 눈으로 나만 바라보는 것 같았다. 연예가 끝나고 손님들이 나가는 출입문에 양쪽으로 줄을 서서 인사하는 아가씨들 중에 나는 그녀에게 손을 내밀었다. 그녀도 내 손을 잡아주었다. 나는 그녀의 얼굴을 보았다. 수줍은 듯 미소 짓는 그녀의 눈빛이 나를 잡아끄는 것 같았다.

어쩌자는 것인지 나도 몰랐다. 눈에 선한 그녀의 모습이 나를 괴롭혔다. 노래 부르던 그녀의 목소리가, 문 앞에서 짧은 순간 마주친 그녀의 눈동자가 나를 놓아주지 않았다. 밤에도 잠을 잘 수가 없었다. 만날 수 없는 그녀의 눈빛이 어둡고 거친 밤바다 멀리에서 반짝이는 등댓불처럼 나를 부르고 있는 것 같았다.

나는 생각다 못해 점심시간에 몰래 빠져나와 평양냉면관에 갔다. 어떻게든 그녀에게 내 마음을 전해주고 싶기 때문이었다. 그녀도 나를 보았던 것일까? 메뉴판을 들고 나에게 왔다. 나는 냉면을 주문했고 그녀가 음식 그릇을 식탁에 내려놓는 손에 쪽지를 찔러 넣었다. 내 마음을 적은 조그만 쪽지였다. 그녀가 움찔하고 놀라며 쪽지를 앞치마 호주머니에 잽싸게 넣었다.

– 한일 동무! 정말로 고마웠습니다. 그러나 우리는 서로 만날 수 없는 처지입니다. 제발 나를 두려움에 떨게 하지 마십시오. 이은영.

내가 다시 평양냉면관에 갔을 때 그녀가 호주머니에서 꺼내어 냉면 그릇 밑으로 넣어준 쪽지였다. 나는 뛸 듯이 기뻤다. 두려움에 떨게 하지 말라는 말이 자신을 구해달라는 말 같았다. 나는 숙소에서 저녁을 먹은 뒤에도 자전거를 타고 평양냉면관에 갔다. 시엠립 강의 다리를 건너 주립병원 쪽으로 올라가면 싸와타 거리와 만나고, 싸와타 거리를 약 칠백 미터쯤 올라가 육 번 도로와 만나는 곳에서 공항 쪽으로 구백 미터 정도만 가면 평양냉면관이 나타났다. 페달을 열심히 밟으면 십여 분이면 도착할 수 있는 거리였다.

– 은영! 우리의 만남은 운명입니다. 두려워하지 말아요. 우리를 기다리고 있는 곳이 있습니다. 내가 그곳으로 가는 길을 알고 있습니다. 그러니 중앙시장에 나올 때처럼 한 번 만나요.

저녁 시간의 평양냉면관은 더욱 소란스러웠다. 한국관광객에 일본 관광객과 중국관광객까지 섞여 웃고 떠들고 있었다. 그 사이로 붉은 유니폼을 입은 아가씨들이 바쁘게 움직이고 있었다. 넓은 식당 안은 사람들로 꽉 차 있었고 메모지를 주고받는 것도 어렵지 않았다. 옆의 사람들이 밥을 먹고, 이야기하고, 아가씨들이 음식 그릇을 이리저리 나르는 중에 작게 접은 쪽지를 그녀의 손바닥 밑으로 밀어 넣었고 그녀도 잽싸게 손을 오므려 앞치마 주머니로 넣었다. 그렇게 나는 은영과 쪽지를 주고받았다. 다시 한 번 만나자는 말과 그럴 수 없다는 말과 사랑한다는 말과 두렵다는 말로 당기고 밀어내는 쪽지들이었다.

– 이번 일요일에 동료와 함께 앙코르 유적에 관광가요. 한 달에 한 번씩 쉬는 날이 있고, 지도원 동무의 허락을 받았어요.

나는 뛸 듯이 기뻤다. 만나자는 말과 다름없는 쪽지였다. 나는 아침 여덟시부터 앙코르와트 신전을 가로막고 있는 해자의 다리 위에서 기다리고 있었다. 은영은 열시가 넘어서야 동료와 함께 나타났다. 관광객들이 모여들고 있는 시간이었다. 나는 은영의 뒤를 따랐다. 은영은 뒤를 돌아보며 동료의 팔짱을 끼었다. 물이 시퍼런 해자를 건너 눈앞에 펼쳐져 있는 삼 층 높이의 석조건물과 그 위에 솟아있는 석탑들을 보면서도, 안으로 들어가며 주변에 널려있는 석상들과 일층의 벽면을 온통 역사와 신화를 새겨 놓은 갖가지 부조들을 보면서도 은영은 자주 뒤를 돌아보았다. 즐거워하는 동료와는 달리 불안한 얼굴이었다. 나는 사람들 틈에 끼어 은영을 쫓아가며 단둘이 만날 기회를 찾았다.

기회는 삼층에 있는 중앙 성소로 올라가는 가파른 계단 밑에 있었다. 수백 개의 계단이 칠십 도의 가파른 경사를 이루고 있는 곳이었다. 거기다 계단참도 어린 아기 발 폭만큼 작아서 용기가 없는 사람은 올라갈 엄두를 내지 못했다. 계단 밑 여기저기에서 가이드들이 함께 온 관광객들에게 중앙 성소 탑에 관한 설명과 안전하게 올라가는 방법을 설명하고 있었다. 위에서 내려온 여자들은 불상이 모셔져 있는 성소에 한번 올라가 볼 만하다고 수다를 떨었고, 여자들은 도저히 못 올라가겠다며 엄살을 떨었다. 올라가고 내려오는 사람들과 기다리는 사람들로 가득 찬 공간이었다. 은영도 무서워서 못 올라가겠다고, 너 혼자 올라갔다 오라고 동료의 등을 떠미는 것 같았다. 동료가 함께 올라가자고 은영의 손을 끌었다. 나는 사람들을 비집고 좀 더 은영에게 다가갔다. 은영이 고소공포증이 있다고 동료에게 엄살을 떨고 있었다. 그러자 동료는 은영에게 여기에 꼼짝 말고 있어야 한다고 몇 번을 다짐하고 계단을 올라갔다. 나는 그녀가 계단을 간신히 올라가 삼층 성소 탑 안으로 사라지는 것을 보고 잽싸게 은영의 손을 잡고 후문을 향해 빠르게 걸었다. 후문 밖에도 관광객들이 있었지만 우람한 나무들이 빽빽한 곳으로 조금만 들어가면 사람들의 눈을 피할 수 있었다. 끌려온 은영의 얼굴이 빨갛게 상기되어 있었다. 얼마나 꿈꾸어왔던 순간인지 몰랐다. 나는 은영에게 말했다.

"우리 함께 이곳을 탈출합시다."

은영이 깜짝 놀라 돌아섰다.

"자유롭고 행복한 곳이 우리를 기다리고 있어."

나는 은영을 돌려 끌어안았다.

"안 됩니다. 그것은……"

은영이 내 가슴에서 빠져나갔다. 나는 가슴이 탔다.

"그러면 내가 기회를 만들 테니 그때까지만 기다려 줘."

나는 은영을 다시 끌어안았다. 은영은 말하지 않았다. 그러나 고동치는 가슴이 그렇게 하겠다고 대답하는 것 같았다.

"동무가…… 나를…… 나를……"

은영이 조바심을 쳤다. 나는 정신이 번쩍 들었다. 은영이 우왕좌왕했다. 나에게 딸려온 길을 모르는 것 같았다. 나는 서둘러 은영을 중앙 성소 계단참까지 안내해주었다. 그리고 나는 후회했다. 은영을 데리고 어딘가로 도망칠 것을…… 은영의 '안 된다.'는 말과 고동치던 가슴이 나를 괴롭혔다. 나는 어찌해야 좋을지 몰랐다. 활짝 핀 꽃이 비바람에 흩날리는 꿈을 꾸었다. 은영이 젖은 꽃잎과 함께 쓸려가며 애타게 손짓했다.

평양냉면관은 여전히 혼잡했다. 은영은 전과 달리 기가 죽은 모습이었다. 나를 본 은영이 기다렸다는 듯이 다가와 쪽지를 주었다. 나는 재빨리 밖으로 나와 쪽지를 펼쳐보았다.

– 생활총화시간에 앙코르와트에 함께 갔던 동무의 비판을 받았습니다. 기다리고 있으라는 장소를 떠나 멀리 떨어진 곳에서 젊은 청년과 걸어오고 있는 것을 보았다는 것입니다. 누군가와 접촉하고 있는 것 같았다고 비판했습니다. 나는 그렇지 않다고, 화장실을 찾느라고 그랬다고, 강하게 부정했지만 청년동맹초급단체위원장 동무도 나를 의심하고 있습니다. 어떻게 될지 모릅니다.

뜻밖이었다. 나는 가슴이 뛰었다. 은영이 도움을 요청하는 것이 분명했다. 나는 수첩을 꺼내 쪽지를 썼다.

– 내일 오후 두 시쯤 옆문으로 나와요. 택시를 대기하고 있겠습니다.

경찰 배가 여전히 거리를 좁혀오고 있다. 동력선은 사람이 타고 있는 목선까지 끌고 가는 것이 버거운 모양이다. 나는 목선을 집에 붙이려고 안간힘을 썼다. 집로 올라가 목선을 떼어내는 것이 그래도 방법일 것 같다. 그때다. 펄럭이던 발이 들쳐지며 늙은 얼굴이 불쑥 나타난다. 일 미터 정도 되는 거리다. 깜짝 놀란 늙은이도 나를 노려보더니 부리나케 안으로 들어간다. 나는 이대로 죽을 수 없다는 생각에 죽을힘을 다해 줄을 잡아당긴다. 다행이 목선이 집에 붙는다. 나는 은영을 잽싸게 집으로 밀어 올리고 뒤이어 올라가 느슨해진 줄을 재빨리 풀어낸다. 목선이 빙글빙글 돌며 경찰 배 앞으로 밀려나가니 쫓아오던 경찰 배가 목선에 부딪치지 않으려고 허둥대는 꼴이 보인다. 나는 잽싸게 방안을 둘러본다. 침대에 붙어 있던 늙은 여자가 깜짝 놀라 일어나 경계심이 가득한 눈으로 노려보고 있다. 다시 보니 늙은 할망구가 아니다. 부스스한 머리는 반백이고 바짝 마른 몸에 얼굴은 갈색이지만 주름 없는 얼굴이 중년의 여자임을 말해주고 있다.

"두려워하지 말아요. 우리도 쫓기는 사람입니다."

내가 서툰 캄보디아 말로 다급하게 말한다.

"여기. 강도가 들어왔어요! 빨리 나와요!"

여자가 주방 쪽을 향해 다급하게 소리친다. 주방에서 나온 남자의 손에 커다란 식칼이 들려 있다. 왜소한 체구에 주름이 많은 얼굴이지만 형형한 눈빛과 강단이 있어 보이는 몸매가 오십대 중반쯤의 사내로 보인다. 나는 은영을 뒤로 세우고 두 손 모아 남자에게 빈다. 제발 살려달라고, 그 은혜는 꼭 갚겠다고.

"당신들 누구야!"

사내가 짧게 소리치며 칼을 치켜든다.

"우리도 쫓기고 있습니다. 우리를 도와준다면 돈은 얼마든지 드리겠습니다."

중년의 남자가 주춤한다.

"이은영 동무는 배에서 탈출하라! 여기 안전요원이 있다!"

또 다시 스피커 소리가 들려온다. 밀려났던 경찰 배가 가까이 접근해 오고 있다. 검은 바지에 검은 반팔 셔츠를 입은 두 사람이 여전히 뱃머리에 서있다.

"이 사람들을 경찰에 넘겨요. 왜 우리까지 쫓기고 있냐고요."

여자가 신경질적으로 말한다.

"여보. 조용히 해. 우리도 쫓기고 있으니까."

남자가 여자를 제지한다.

"우리가 왜 쫓겨요. 누가 사람을 그렇게 죽이고 싶었겠어요? 폴포트가 천국을 만들어준다니까, 천국을 만드는 데 걸림돌이 되는 사람들은 다 죽이라니까 죽인 것이지요. 안 그래요?"

"그렇지만 우리가 삼 년 동안 죽인 사람이 백 명도 넘잖아. 아무 죄도 없는 사람들을 말이야. 세상이 바뀌고 이십여 년 동안 숨어서 살아보니 그때는 천국이 아니라 생지옥이었어. 우리 손에 죽은 사람들을 생각하면 지금도 진저리가 쳐진다고!"

남자가 여자를 윽박지른다.

"이제껏 숨도 제대로 못 쉬고 살았으면 죄 값을 다 치른 것이지요. 우리가 그때 사람을 죽인 소년단원이었다는 것을 누가 알겠어요? 동력선을 멈추고 이 사람들이나 잡아가라고 해요. 그러면 우리는 도망가는 사람들을 잡아주었으니 상을 받을지도 몰라요."

나는 마음이 요동친다. 남자가 마음을 바꾸면 끝장이다.

"우리를 살려주세요. 정말로 돈을 많이 드리겠습니다. 이렇게 맹세하겠습니다."

나는 두 손가락으로 십자가를 만들어 보인다.

"그렇진 않아. 우리가 왜 지금까지 숨어 살고 있는데. 키우삼판을 중심으로 무장투쟁을 계속하고 있고, 크메르루주에 대한 재판도 진행 중이잖아. 경찰이 크메르루주에 가담했던 사람들을 찾고 있다고!"

다행히 남자가 여자를 설득하고 있다. 치켜세웠던 칼도 밑으로 내려와 있다.

"동력선을…… 동력선을 집에 붙이라고 하세요! 이 집을 버리고 동력선으로 탑시다. 내가…… 더 좋은 집으로…… 사주겠습니다!"

나는 잘 떠오르지 않는 캄보디아 말을 더듬는다. 서울에 있는 어머니에게 사정을 말하면 이 정도의 집은 문제도 되지 않을 것이다. 아들을 살려준 은인이 아닌가. 내가 중학교 일학년 때 교통사고로 아버지가 돌아가시고 가업으로 하던 포목상점을 이어받아 나 하나만 의지하며 살아온 어머니다.

사내의 눈빛이 흔들린다. 내 말이 통하는 것 같다. 설상가상으로 삐걱거리던 집 바닥에 틈새가 생기며 물이 올라오기 시작한다. 사내가 칼을 버리고 허둥댄다.

"은영 동무! 그곳에서 탈출하라! 공화국에서 부모 형제가 기다리고 있다."

마이크 소리가 더욱 가까이 들린다. 은영이 어쩔 줄 몰라 한다.

"폭도들은 배를 멈춰라! 그렇지 않으면 격발할 것이다!"

협박의 말까지 들려온다.

"동력선에만 올라타면…… 올라타면……"

나는 소리치며 은영의 손을 잡아끈다. 남자도 여자의 손을 잡고 동력선 쪽으로 뛴다. 딱! 딱! 딱! 나무 부러지는 소리가 들린다. 은영이 그 자리에 주저앉는다. 나는 재빠르게 은영을 끌어안는다. 은영은 무사하다.

"안됩네다! 우린 북조선으로 가야합니다."

은영이 갑자기 소리친다.

"동력선으로…… 동력선만 타면 되는 거야!"

"아닙네다! 공화국으로 가야 해요."

은영이 잡아끄는 내 손을 뿌리치며 버틴다. 이제 와서 어쩌자는 것인가? 은영의 마음을 알 수 없다.

"같이 가야 해요. 위험을 무릅쓰고…… 여기까지…… 그러니 나와 함께……"

은영이 말을 더듬는다.

"우리 사랑을 약속했던 밤을…… 견우와 직녀처럼…… 그 약속을……"

나도 말이 제대로 나오지 않는다. 딱! 딱! 또 다시 나무 부러지는 소리가 들린다. 나는 왼쪽 허벅지로 뜨거운 것이 스쳐 지나가는 느낌에 힘없이 주저앉는다. 기둥들이 부서지며 지붕이 날아가고 벽에 붙어 있던 널빤지들이 산산이 흩어진다. 빠르게 튀기는 물소리만 나를 끌고 가고 있다. 세찬 빗줄기가 수면을 두드리는 것 같기도 하고 격정적으로 두드리는 피아노 소리 같기도 하다. 나는 정신없이 피아노 소리를 쫓아간다. '나를 버리고 가시는 임은 십리도 못 가서……' 내가 즐겨 치던 아리랑 랩소디! 나는 깜짝 놀라 은영을 찾는다. 은영이 부서진 집 나무판자들이 어지럽게 떠내려가고 있는 사이로 저만치 가고 있다. 나는 일어나 물속으로 뛰어들고 싶지만 몸이 말을 듣지 않는다.

"은영아아아……"

나는 빠르게 끌려가는 널빤지 위에 무너지는 가슴을 쏟아놓는다. 붉은 피가 물결 따라 흘러가고 있다. 나는 그제야 허벅지의 통증을 느낀다. 피아노 소리가 점점 멀어지고 있다.

원형적 디아스포라, 슬픔과 냉소의 교착지 '소설'

김선주

문학평론가, 건국대 교수

1. 미로에 처해 있는 인간에 대한 명상

김근당은 풍속과 원형의 차원을 두루 열어 보이며 '헤매는 주체'의 형상화에 천착해 있다. 독특한 서사 전개 방법이 미로의 세계를 다른 관점으로 바라보게 한다. 미로 속의 인간을 괴롭히는 본질적 문제란, 구조물이 아닌 낯선 대상과의 조우인 것이다. 〈사막〉은 낯선 이집트 땅에서 실종된 아내의 행방을 추적하는 '나'의 '사막 가로지르기'를 통해 인간의 본질적인 고독을 그려낸다.

지친 '나'의 인간적 형상은 사막의 메마른 세계가 엄연히 타자적 대상임을 폭로한다. 김근당은 사막의 광활함을 '형체 없는 태양'이란 말로 우회하여 드러낸다. 즉 태양이 위치를 드러내지 않을 만큼 모래 먼지로 가득한 공간이 현재 화자가 서 있는 세계란 뜻이다. 그런데 이 태양의 행방은 아내의 존재와 평행하며 쌍(pair)을 이룬다. 아내와 태양은 똑같이 화자의 시야에서 벗어난 존재 즉, 사라진 대상이다.

또, 아내가 찾아갔을지 모를 '하늘이 열리는 장소'와 '형체 없는 태양'도 구조적인 쌍을 형성한다. 태양이 본래 천상의 대상이란 상식을 통해 아내와 태양의 이미지가 중첩되고 있다. 결말에서 화자의 아내가 "파라오의 여자가 되었다"는 진술은, 이집트란 배경과 맞물리며 그녀의 실체가 무엇인지 더욱 확연하게 만든다. 이 소설 속에선 아내란 존재는 부부 즉, 세속적 층위의 관계를 가리키지 않고, 잃어버린 진실의 상징인 것이다.

> 굴속을 빠져 나가자 또 다시 내려쬐는 태양빛의 세상이다. 어둠 속에서 갑자기 환한 세상으로 나온 때문일까. 눈앞에 다른 세상이 펼쳐져 있는 것 같다. 달의 표면 같이 중력도 공기도 희박한 것 같은 느낌이 든다. 나는 갑자기 고독을 느낀다. 살아오면서 느꼈던 외로움이다. 아무에게도(아버지, 어머니에게도) 기댈 수 없는 삶을 나 혼자 지탱해 왔다. 아내도 마찬가지였다. 나를 이해해주지 않았다. 안내인은 어디에 있는 것일까? 아무리 둘러보아도 보이는 것은 하얀 파도처럼 몰려오는 모래언덕들뿐이다. 안내인은 보이지 않는다. 사막 속의 파라오 시대로 사라지기라도 했단 말인가. 아내가 말했었다. 사막에는 고대의 역사 자취가 많다고. 아무 것도 없는 모래구릉 같지만 그들의 혼령이 잠들어 있는 곳이라고. 나는 두 손으로 눈을 부비고 다시 사방을 둘러본다. 안내인은 어디에도 보이지 않는다. 어디로 사라진 것일까? 보이는 것은 하얗고 노란 모래언덕들뿐이다.
>
> – <사막> 중에서

아내와 화자가 함께 지냈던 결혼 생활은 "아무에게도(아버지, 어머니에게도) 기댈 수 없는 삶"이었단 사실을 알 수 있다. '나'는 아내에 대해 "나를 이해해주지 않았다"라고 진술한다. '나'는 동생들을 부양하기 위해 아버지로부터 가장의 역할을 떠맡느라 하루빨리 경제 기반을 닦는 데에 집중했었다. 그런 그의 가장 역할이 은근히 불평이었던 아내도 똑같이 종교와 미술에만 과몰입했다. 두 부부의 결혼 생활은 철저히 소통이 부재했고, 각자의 일상에 함몰되었다.

아내가 화자에게 결혼 생활 내내 보여 줬던 종교와 미술에의 과몰입은 진리 또는 의미를 찾으려는 고행에 다름 아닐 것이다. 낯선 이집트 유적의 한가운데서 진리에 매혹당한 듯 아내는 불현듯 행방을 감춘다. 그녀가 진리를 향해 떠나갔듯 화자도 아내가 남긴 자취를 따라 진실 찾기의 여정에 오른다.

이처럼 소설을 읽는 우린 일정한 관계의 윤리학을 발견할 수 있다. '여성(아내)과 태양', '나와 아내'가 각각 자기 쌍의 뒤를 쫓는 윤리학적 행위를 서사 내에 드러내며, 주체와 대상의 담론을 이끌어낸다. 그 윤리학적 관계 미학을 통해 진리와 미로의 세계관이 출현하게 되는 것이다.

그들의 관계엔 떠돌고 숨는 변증법적 역학 관계가 내재되어 있다. 태양을 찾아 떠나게 될 때 아내는 떠도는 주체였으나 화자를 통해 사라진 진실로 승화되며, 방황은 그녀를 찾는 남편에게 전도된다. '태양'은 떠도는 그들의 관계에서 최상 심급이라고 볼 수 있겠다. 더 이상 떠도는 대상으로 역학 변이를 일으키지 않으며 주체들의 숲에서 그들이 추앙하고 찾아내려는 진리의 상징이다. 라캉의 말대로 자아(속의 실재계)와 현실(상징계)이 진리를 나누어 갖는다는 이론을 상기할 때, 아내에 대한 이전 기억들은 태양이란 기의를 지시하는 반쪽짜리 단서인 것이다.

그렇다면 아내를 찾으려는 '나'의 욕망은 궁극엔 어떤 의미를 요구하는 것일까. 태양이 아내에게 진리를 발화하는 구체적인 담론 체계에서 그녀를 이끌고 있다. 다시 말해 태양이 그녀에게 분명한 상징적 역할을 수행한다. 반면에 화자인 '나'가 아내를 찾아냄으로써 얻고자 하는 대상은 추상적이다. 그래서 화자가 찾는 진실은 '아내란 존재 자체'라고 할 수 있다. 부부란 이유로 화자가 아내를 찾아내는 것이 당연한 것일까? 지푸라기라도 잡는 심정이지만 하늘이 열리는 사원으로의 여정은 그만큼 비현실적이다. 또 작중 인물의 자아가 드러내는 사고의 비약일 것이다.

따라서 우리는 화자의 사막 가로지르기의 진짜 의미가 결코 아내 찾기에 있지 않다는 점을 추측할 수 있다. 김근당은 작중 화자를 통해 '헤매는 주체'와 '미로'의 원형을 드러낸 것이다. 화자가 깊이 내면화한 자기 고독 속에서 어떤 의미를 길어내려고 아내와의 결혼 생활을 되짚어간다. 사막을 가로지르는 화자의 모습과 아내에 대한 회상이 플롯에서 중복되며, 끝없이 펼쳐진 모래 세계는 미로의 원형으로 드러난다. 즉 그의 방황하는 자아 또는 헤매는 주체의 환유적 상징인 것이다.

기본 서사인 사막과 아내에 대한 회상은 얽혀들며 주체의 고난을 극대화한다. 다시 말해 갈등하는 인물의 상황이 소설의 시작과 끝까지 숨찬 서사 전개를 가능케 하는 것이다. 여기서 작중 인물의 회상은 생생한 플롯의 동인이 되는데, 실재 '나'의 기본 서사에 시간의 부피를 불어넣는다. 아내의 존재는 쥬네트가 말하는 외적 회상의 전형적인 모델이라고 볼 수 있겠다. '나'의 사고가 편향될 땐 숨겨졌다가 조명을 받으면 기본 서사(나의 사막 횡단 및 사라진 아내) 너머로부터 소환된다.

〈그림 그리는 여자〉에서도 외적 회상은 플롯의 중요한 기능을 수행한다. 기본 서사 바깥의 이야기를 통해 방황하는 자아의 실상이 탄탄하게 보조된다. 우선, 〈사막〉과 〈그림 그리는 여자〉가 특정한 모티프를 공유하고 있다는 점을 짚고 넘어가야겠다. 작중 인물인 남기억은 배를 타고 국외로 나가 있어야 하는 직업을 가졌는데, 1년 만에 집으로 돌아왔더니 아내가 사라졌다. 아내는 미술 학원에서 아이들을 가르치고, 현대미술 그룹에 가입된 화가이기도 하다. 기억은 실종된 아내에 대한 어떤 단서를 얻을 수 있지 않을까 하여 아시아 현대미술전시회에 당도한다. 그러나 아내의 그림은 발견하지 못하고, 대신 낯선 타인의 그림 속에서 아내를 닮은 여자와 마주친다.

이처럼 작가는 '아내의 실종', '아내를 찾고 있는 남편', '그림' 이란 소재들을 다시 호출해 낸다. 무언가를 찾아 떠도는 방향 잃은 존재가 덜컥 조우한 미지의 세계라는 특정한 세계관이 재생산된다. 대신 두 작품은 스케일의 차이를 만들며, 〈그림 그리는 여자〉에서는 좀 더 일상의 공간이 소설의 배경으로 출현한다. 낯선 이집트 땅의 광활한 사막이 미술 전시장의 소소한 생활 세계로 축소된 규모를 보여준다. 그러나 김근당은 플롯의 시야를 의도적으로 '그림'과 '주인공' 이란 일대 일의 대응 구조에 몰입시키며, 회화적 텍스트가 미지의 세계로 출몰하는 지점을 포착하고 있다.

플롯은 미술 전시장의 일상적 풍경으로부터 단번에 초월해 영상 텍스트의 스토리텔링을 서사 전면에 포진한다. 이 작품에선 일종의 움직이는 그림이라 할 수 있는 영상 예술이 등장하는데, 김근당은 그로써 캔버스에 붙박인 인간의 형상을 해방시키고 있다. 캔버스에서 정지해 있는 대상의 타이밍은 주체의 행위를 다음 모션이 잔영으로

만 존재하게 한다. 반면 영상은 제한된 행위를 풀어 주며 대상에게 생활의 모방을 허락한다. 캔버스가 벤야민이 말하듯 특유의 아우라를 머금고 높은 곳에 신화처럼 발견된다면, 영상 텍스트는 감상자의 자아가 그 속을 떠돌도록 출몰하는 살아 있는 미로인 것이다.

> 기억은 코리가 불쌍해 보인다. 마리아에게 무슨 일이 있는 것일까? 먼 나라의 모르는 사람들 이야기다. 비록 그림 속 이야기지만 현실 속의 이야기 같다. 마리아는 아내와 닮은 모습 같기도 하다. 그런데 아내는......? 기억은 아내를 떠올린다. 항해 중에도 보고 싶을 때가 많아 사진을 꺼내보곤 하던 아내였다. 항구에 마중 나와 있을 줄 알았다. 전에 그랬던 것처럼. 그런데 전화도 받지 않았다. 기억은 바쁜 일이 있겠지 생각했다. 남편이 귀국한다니까 집안 청소도 하고 맛있는 음식도 장만하느라고. 본사로 오는 중일지도 모른다는 생각도 들었다. 배가 들어오는 시간이 정확하지 않으니까.
>
> 코리가 부지런히 걷고 있다. 도로가에 늙은 여자들이 플라스틱 물통 위에 생선좌판을 올려놓고 팔고 있다. 과일가게에는 파인애플 망고 파파야 두리안 같은 과일들이 수북이 쌓여 있고 바나나가 주렁주렁 매달려 있다. 코리가 과일가게 앞에서 꼼짝하지 않고 서있다.
>
> – <그림 그리는 여자> 중에서

김근당은 "그림 속 이야기"와 "현실 속의 이야기"란 두 상황을 설정하고 있다. 먼저 현실에서의 이야기란 두말 할 것 없이 '아내의 묘연한 행방'으로서 기억이 처한 사건을 가리킨다. 다음으로 그림 속에서의 이야기란 남편이 부재한 불우한 생활 가운데 아이들을 기르는 마리아의 삶이다. 작중 인물의 "마리아는 아내와 닮은 모습 같기도 하다"는 진술은, 두 세계의 경계를 허무는 계기로 작용한다. 특히 아내와 마찬가지로 마리아 또한 곤궁한 생활에도 불구하고 열심히 그림을 그린다는 설정이 자연스럽다. 한땐 익숙했지만 이젠 실체를 헤아릴 수 없는 아내 이여선의 존재가 마리아라는 "먼 나라의 모르는 사람들" 속으로 합류한다.

그런데 작가가 두 대상을 표현하는 방식이 주목을 끈다. 아내의 일상이 마리아의 생활 속에 중첩되는 과정에서, 아내는 설명을 통해 요약하듯 짧게 서술된다. 반면에 마리아는 세세히 표현된 그림 속의 풍경과 함께 묘사의 방법으로 형상화되고 있다. 위의 진한 색 문장들은 아내에 대한 설명이다. 기억의 의식에 남아 있는 아내의 인상만이 빠르게 스쳐가듯 진술되고 있다. 반면 마리아의 세계는 "생선 좌판", "과일 가게", 마리아의 아들 "코리"의 등장 등으로 생생한 활기가 불어넣어진다.

이야기가 진행될수록 두 대상이 나타나는 방법의 차이는 뚜렷하다. 아내의 존재는 "얼굴과 몸매도 예뻐 보이고 무엇보다 얌전하고 차분해서 자신이 없는 집을 잘 지켜줄 것 같았다", 또는 "인천에 작은 아파트를 얻어 신혼의 꿈을 키웠다"나 "……미술교습소를 차리고 아이들을 가르치고 있었다. 현대 미술 그룹에 가입하여 활동하고 있다" 등의 진술로 '설명'된다. 마리아는 "낡은 판자로 벽을 붙인 2층 방", "천변의 가지각색 꽃들", "미루나무들이 끝나는 지점에 판잣집들", "시장", "항구" 등의 생생한 정경 위에서 구체적인 삶의 양식으로 '묘사'된다.

아내와 마리아는 각각 쥬네트가 말한 스토리 시간과 담론 시간에

속한다고 볼 수 있겠다. 쥬네트는 두 시간 요소가 일치할 때 소설에서 '장면'이 형성된다고 했는데, 아내 실종의 사건이 마리아의 세계에서 피동적으로만 의미를 형성하게 된다. 다시 말해 마리아를 통해서 스토리 시간(아내의 실종)이 탄력을 받는다. 즉, 플롯에 '장면'이 형성되려면 아내의 존재는 필연적으로 마리아보다 작아져야 한다. '마리아와 아내가 닮아 있다'는 상태는, 가상의 세계인 영상과 그곳을 지배한 마리아의 서사 내 권력 구도에 다름 아닌 것이다.

아내가 스토리 시간의 요소로 파악될 때 그녀를 과거적 시간관의 종속 대상으로 봐야 한다. 반면 마리아는 작중 인물인 기억이 당장에 직접 체험하고 있는 현재적 시간에서의 타자인 것이다. 따라서 두 인격의 서술 방법이 설명과 묘사로 나누어지는 상황은 필연적이며, 이 지점에서 실재의 일상이 〈사막〉에서와 마찬가지로 기본 서사의 너머로 밀려난다. 대신 주인공이 처한 '아내가 사라졌다'는 사건이, 또 다른 사건인 마리아의 삶과 죽음에 포섭된다는 점이 두 작품의 차이인 것이다.

〈그림 그리는 여자〉는 예술작품의 본질적 특성인 자족적 상태가 서사 전략으로 활용된 예라고 볼 수 있다. 진리는 묘사되거나 알려지지 않는다는 블랑쇼의 말을 상기할 때, 이 작품에서 아내의 존재는 주인공이 찾아 떠도는 어떤 진실의 대상으로 볼 수 있다. 작품이 자생하며 미로를 형성하고 그 속에 숨어 버린 아내의 어떤 의미를 해독하고자 작중 인물은 계속 이미지 속을 미끄러진다. 마리아와 아내, 두 '그림 그리는 여자'는 진리를 드러내는 기표들의 구조와도 같다. 작중 인물은 진실의 나머지 반쪽을 찾아 영상 속에 건설된 미로의 구조물을 헤매고 있다.

2. 미덕과 풍속의 세계 : 모순의 저지대

김근당 소설에서 관계의 윤리학은 구체적인 현실의 문제를 다룰 때 대상과 주체의 관념을 탈피한다. 작가는 대신 풍속-국가와 개인의 구조에서 서사의 힘을 모색한다. 따라서 국가와 개인으로부터 나타난 진리 혹은 진실은 원형과 자아가 되비추는 몽롱한 떠돎의 형식으론 표현하기 역부족이다. 대신 개인과 개인의 긴장 관계에서 '의미'를 만드는 기제를 찾고 있다. 작중 인물 간의 갈등의 양상이 진실의 구조나 형식을 좌우하는 것이다.

〈쑥부쟁이 꽃〉에서 인물들이 벌이는 팽팽한 긴장감은 필연적으로 서사 내에 아이러니를 형성한다. 작가는 각 사건들의 복잡한 층위를 플롯에 포개 놓으며 이야기를 주도한다. 첫째, 지숙과 경수 작중 인물들의 수직적 관계가 변주되는 지점에서 아이러니가 발생한다. 두 사람의 관계에서 집주인 아들인 경수가 1차적으론 우위에 있다. 그러나 지숙이 사법고시에 합격하며 검사가 됨으로써 일개 경찰인 경수는 권력을 상실한다. 지숙이 고향에 발령을 받아 두 사람이 재회했을 때, 경수가 그녀에게 상관을 대하는 '검사님'이란 호칭을 사용하고 있다.

둘째, 어린 시절 지숙을 성폭행하려 했던 경수의 잘못이 대리자를 통해 간접 비판되는 과정에서 아이러니가 나타난다. 경수는 지숙에게 피의자 폭행 사건으로 인해 호출되는데, 그녀가 본심으론 과거의 일을 복수하려 든다는 죄의식을 느낀다. 한편 지숙은 직접 과거의 일을 거론하지 못하고, 피의자인 동시에 강압수사의 피해자인 이영달을 통해 우회적인 비판을 시도할 뿐이다. 또는 어린 시절 워낙 수시로 지숙을 괴롭힌 경수이기에 가방에 뱀을 넣은 사건 등의 자잘한 일들로 대신하고 있다.

셋째, 우리 사회의 특유한 풍속 및 봉건적 질서에서 아이러니가 드러난다. 지숙의 가족에게 경수네는 집안 어른으로, 두 사람은 대가족 질서에 편입되어 있는 개인이다. 경수네 할아버지와 할머니는 지숙네의 경사를 나서서 축하하고 마을 잔치까지 열면서도 그들 가족을 머슴으로 호명하고 있다. 지숙이 사법 고시에 합격했을 때도 경수의 무능을 탓하며 머슴집 딸이란 표현을 하는 데 있어 망설이지 않는다.

이 발언의 문제는 지숙의 내적 고뇌가 증명해 준다. 지숙을 경수가 심하게 괴롭혀 그녀는 집안 어른들에게 말해 봐도 모두 방관할 뿐이다. 그로 인해 복수를 위해 이를 악물고 공부한 지숙에게 봉건적 질서 속의 모순이 '검사가 되었다'는 현재의 원인으로 나타난다. 그런 환경 속에서 은연중에 경수는 지숙에게 남몰래 선망의 대상이 되기도 한다.

이러한 아이러니는 경수와 지숙의 씁쓸한 연애담으로 확장된다. 두 사람의 재회의 계기가 '이영달'이란 부차적 인물을 통해서인데, 이 인물은 지숙과 경수의 대화 속에서 묘사되며 구체적으로 등장하지 않지만 굉장히 상징적인 캐릭터다. 왜냐하면 그는 남의 집에 들어가 여자를 성폭행하려 했다는 사실에선 분명한 피의자였으나, 한편으로 강압 수사의 피해자로 돌변한다. 즉 무제를 주장하는 그는 법적 체제 내에서 피해자이며 동시에 가해자인 역설적 상황에 돌입한 인물이다.

우리는 이러한 패러독스적 인간형이 경수와 지숙의 오해를 단적으로 상징한다는 점을 알 수 있다.

> 지숙이 꽃들을 보고 환호한다. 자동차 한 대가 겨우 다닐 수 있는 둑길 양편으로 꽃들이 줄지어 있다.
>
> "이 꽃을 모른다고?"

경수가 묻는다.

"많이 본 것 같기는 한데……"

"집 주변에도 많이 피어있던 꽃이잖아."

"아! 쑥부쟁이 꽃."

지숙이 그제야 생각났다는 듯이 소리친다.

"아니지. 개망초꽃이지."

경수가 꽃 이름을 정정해준다.

"쑥부쟁이 꽃이지요."

지숙이 지지 않고 주장한다. 확실하게 떠오르는 생각이 있기 때문이다. 여름에서 가을까지 집 주변으로, 심지어 창문 밑까지 피어 있던 꽃이다. 지숙이 한 아름 꺾어 들고 간 꽃을 받아들은 담임선생님이 쑥부쟁이 꽃이라고 했다. 꽃이 참 예쁘다고 화병에 꽂아 교탁에 놓았었다. 초등학교 6학년 때였다. 꽃은 오래도록 싱싱하게 피어 있었다. 그 꽃들이 둑길을 따라 연보라 또는 하얀색으로 무리지어 가을바람에 흔들리고 있다.

– <쑥부쟁이 꽃> 중에서

이영달이란 음험한 인물은 '쑥부쟁이 꽃과 개망초 꽃'의 패러독스로 발전한다. 두 사람이 똑같이 인지하고 있는 길가의 꽃이 경수에겐 개망초 꽃으로, 지숙에겐 쑥부쟁이 꽃으로 호명된다. 지숙의 기억에 의하면 "여름에서 가을까지 집 주변"으로 한창이었던 꽃이었고, 담임선생님이 분명히 쑥부쟁이 꽃이라고 알려주었던 것이다. 이 꽃의 존재는 사실 실제로도 상당히 구별하기 모호하다. 작가는 소설의 긴장을 위해 쑥부쟁이 꽃을 계산 하에 사건의 오브제로 사용했을 것이다.

엄밀하게 말하면 담임 선생님, 경수, 지숙 모두 꽃의 정체성에 있어서 올바른 지식을 지녔다고 확신할 순 없다. 세 사람이 모두 틀렸을 수도 있고, 또 그때의 꽃이 오늘의 꽃인지도 모호하다. 꽃의 이름은 마치 어린 시절 두 사람 마음속에 들어 있던 진심처럼 오리무중이다. 두 사람 모두에게 각각 원망과 죄의식으로 깃들어 있는 아카시아 나무숲에서의 사건처럼 말이다. 경수가 그날 지숙에게 건넨 만년필의 진짜 의미는 무엇이었을까. 오직 심술궂은 장난을 치려는 유인책이었을 뿐일까 아니면 자기 자신조차 헷갈린 애정의 상징물일까. 지숙은 경수에 대해 "든든한 보호자"였고 남몰래 좋아했다고 토로하고 있다.

눈길을 끄는 것은 작가가 이러한 관계의 패러독스를 풍부한 자연 묘사를 통해 드러낸다는 점이다. 인물들의 복잡한 심리와 봉건적 사회의 모순이, 온전한 비난으로만 경사질 수 없도록 세심한 배려를 서사 전면에 기울이고 있다. 형형색색의 꽃들로 가득한 시골 정경이 인물들의 내면을 비추는 과정을 따라 거닐다 보면, 작가의 휴머니즘적 시선을 느끼게 된다.

공통의 향수를 깊이 내면화한 공동체는 관계의 모순을 더욱 극명히 드러내는 좋은 본보기라고 할 수 있다. 〈달밤〉은 전원의 고즈넉한 정서와 사람들 간의 인심을 통해 유대의식 이면에 숨겨진 갈등을 서사화한다. 교집할 수 없는 따뜻한 인간애와 갈등의 모티프가 서로를 드러내는 지점에서 플롯의 극적 긴장이 강화된다.

작가는 서사 내에 두 상황을 병치시켜 성공적인 극적 결말을 준비한다. 두 상황이란 김만석과 금영이 어머니로 지칭되는 부부에게서 각각 파생한다. 그 사이에 부부의 금영이란 딸이 소문의 주인공으로 대두되며 사실 두 갈등은 하나의 문제로 떠오른다. 다시 말해 마을 전체, 공동체의 갈등인 것이다.

먼저 마을의 부인들이 금영이네 앞마당에 모여 수다를 떠는 현장이 독자에게 제시된다. 다음이 김만석과 마을 남정네들의 회식 자리이다. 이 두 상황은 모두 딸 금영에 대한, 김만석 부부의 소문이 흥미로운 이야깃거리로 떠오른다. 금영이네 앞마당엔 철이 엄마, 동촌댁, 석이 엄마, 돼지 어머니, 개똥이 어머니, 일식이 어머니, 부녀회장, 그리고 금영이 어머니 등이 모여 앉았다. 김만석의 회식 자리엔 송경섭 수사 과장, 기와집 박남규 교장, 청천 면장, 시청 계장 아들 장씨, 수리조합장 이씨, 영농조합장 김씨, 일구 이장, 경찰서 사람들 등이 술상을 벌인다.

남자들과 여자들로 대변되는 두 자리엔 모두 금영이 서울에 있는 대학에 합격한 일로 화제다. 금영은 김만석의 진술대로 풍족한 혜택을 받으며 자라진 못했지만, 장학금을 받으며 공부한 효자다. 더구나 일류대학에 갈 수 있는 데도 마다하고 4년간 장학금을 준다는 곳으로 갈 정도로 속이 깊은 아이다. 마을 사람들은 금영을 칭찬하고 경사가 났다며 김만석네를 축하하기 바쁘다. 오늘 금영네 앞마당과 김만석의 회식 자리에서도 그런 풍경이 벌어지고 있었다. 모두 개천에서 용이 났다며 떠들썩하다.

그런데 마을 사람들은 금영을 칭찬하며 능청스럽게 다른 속내를 드러낸다. 당사자가 버젓이 눈앞에 있는 데도, "그 집 딸이 아니란 말이 있던데"나 "다리 밑에서 데려온 자식" 등의 표현을 쏟아 놓는다. 부인들의 표현에 의하면 필시 금영네서 태어날 수 없는 없는 똑똑한 아이라는 것이다. 동네 사람들은 김만석 내외를 축하하면서도 은근히 질투하고 시기하는 속내를 드러낸다.

이처럼 김근당은 인간의 본성적 측면을 공동체의 시골적 정서 속에서 형상화하고 있다. 마을에 전해져 내려오는 전설이 있는데, 공동체적 원형의 감수성을 통해 그들의 이중 심리를 더 정치하게 드러낸다. 너도 나도 할 것 없이 맹목적으로 시기심을 표현하는 행태가, 공통의 민담을 통해 융(Carl Gustav Jung)의 집단 무의식의 메커니즘을 암시한다.

이를테면, 옛날 조선이 건국될 때 고려의 충신이 이들 동촌마을에 숨어들었다. 당시 고려 충신의 집 낭자가 "옹달샘에서 남몰래 목욕을 하다가" 마을 총각에게 겁탈을 당했다. 그 후 "심한 흉년과 역병이 돌았고" 가해자인 총각의 식솔들은 마을에서 쫓겨났다. 그런데 옹달샘에서 태어난 아들이 정승까지 하며 크게 이름을 알렸다는 민담이다.

민담의 골자는 '옹달샘에서 태어난 아들이 정승까지 했다는 사실'이다. 마을 사람들은 금영을 주워 온 자식이란 등의 표현으로 기만하면서도, 김만석 내외가 옹달샘에서 정사를 벌여 귀한 딸을 얻었다는 소문을 낸다. 옹달샘에 대한 마을의 엄격한 통제는, 그들 부부를 비판하는 또 하나의 좋은 구실인 것이다.

> "어푸! 어푸!"
>
> "아이고. 석이 아버지!"
>
> 석이 엄마가 어쩔 줄 몰라 허둥댄다. 그 틈에 정신을 차린 돼지 어머니와 아버지가 옷도 챙겨 입지 못한 채 줄달음친다. 가로지른 장대를 돼지 어머니가 걷어 올리고 부리나케 밖으로 나온다. 등치가 큰 여자가 앞장서고 그 뒤를 키 작은 남자가 뒤따른다.
>
> "엇! 저 사람들은!?"
>
> 또 다시 놀란 사람은 김만석이다. 옹달샘에서 들리던 여자의 비명소리에 놀라 달려가려고 하던 참이었다. 발가벗고 마을로 뛰어가는 남자와 여자는 돼지 어머니와 아버지가 분명

하다. 달빛 속에 뛰어가는 그들의 꼴이 배꼽 빠지게 웃을 모
습이지만 김만석은 웃음이 나오지 않는다.

- <달밤> 중에서

그들의 능청과 시기심을 합친 애매모호한 심리가 달 밝은 한밤중에 옹달샘에서 명백해진다. 회식을 마친 후 귀가하던 중에 김만석은 옹달샘에서 뜻밖의 광경을 목격한다. 다름 아닌 석이네 부부와 돼지네 부부가, 각각 몰래 옹달샘에 들어갔다가 서로 목도하고 놀라서, 발가벗은 채로 줄행랑을 빼는 우스꽝스러운 모습이다. 김만석은 "달빛 속에 뛰어가는 그들의 꼴이 배꼽 빠지게" 우스웠지만 차마 웃지를 못할 정도로 황당하다. 이와 같은 정황이 시골 마을의 고요하고 아름다운 한밤중의 정경을 토대로 서정적으로 펼쳐져 해학과 풍자를 돋운다.

마당 한편에는 "나이가 오백 년이나 되었다는 팽나무"가 서 있고, "멀리 산맥이 아스라이 가로질러가는 곳까지 넓은 들판이 시원스럽게" 펼쳐진 시골 밤의 정경 묘사는 순박한 얼굴들의 시골 사람들과 어우러져 따뜻한 시골 인심을 절로 느끼게 한다. 그들이 수다를 떨어가며 화재를 삼는 것으로, 작가는 〈달밤〉에선 풍자와 해학으로 '관계'에 대한 이야기를 들려준다. 〈쑥부쟁이 꽃〉이 봉건적 사회에서 개인의 관계를 드러냈다면, 이 〈달밤〉은 공동체 자체와 개인 즉, 좀 더 거시적인 인간 본성의 문제를 다루었다. 따라서 김근당은 인간의 미덕적 측면에 의해 개인의 공간이 오히려 억압되는 역설적 상황을 두 작품에서 풍자한다.

3. 상처의 디스토피아 저항의 유토피아

김근당의 소설 세계는 '사라진 자의 공간'에 구체성을 조직하는 방향으로 옮겨가기도 한다. 더 이상 진실은 쫓고 쫓기는 관계의 윤리학(〈사막〉, 〈그림 그리는 여자〉)이나 풍속과 사회의 표피에서 암호 같은 아이러니(〈쑥부쟁이 꽃〉), 풍자를 위한 드러내기의 대상(〈달밤〉)이 아니다. 앞의 두 작품을 통해 미로 속 인간을 괴롭히는 진정한 갈등의 대상은 구조물이 아닌 낯선 사물로 형상화한다. 또 다른 두 작품으론 전통적 사회와 인간세계 자체 모두에서 미덕(당대의 가치)의 역설적 양상을 폭로했다.

개인의 '상처'를 전제로 삼아 살펴볼 때 지금까지의 소설들에선 두 가지 경향을 읽을 수 있다. 첫째는, 미로와 인간의 구조가 인물들의 행위로 상처를 덮어 놓는다. 그렇기에 그 자리엔 떠도는 자의 '포즈'가 있을 뿐, 상처의 광경은 내면적 층위로 물러난다. 플롯이 그 과정에서 활기를 확보한다. 둘째는, 비판과 인간애란 양자가 만드는 패러독스로부터 상처의 모호한 속성이 폭로된다. 드러날 듯 말 듯 숨어 있는 상처의 긴장으로부터 플롯이 흐르게 된다.

그런 의미로 〈매미와 바퀴벌레〉의 직접적인 상처의 전경은 관계 윤리학의 전환을 드러낸 셈이다. 캐릭터는 〈사막〉과 〈그림 그리는 여자〉의 원형이 깃들어 있는데, 그 상관관계가 거꾸로 변주된다. 캐릭터의 측면에선 사라진 어머니의 실종이나 자신을 스스로 격리시킨 소정에겐 '실종'의 모티프가 내면화한다. 철저히 동선이 가려졌다가 결말에서 폭발하듯 드러나는 명인도 헤매는 주체의 이상을 보여준다.

따라서 소정이란 인물에게선 두 작품에 등장한 '아내'의 이미지가 내면화되어 있다. 또, 결말에서 재회하는 명인으로부터 화자인 남편의 자취를 발견한다. 그러나 서사 전면에선 〈쑥부쟁이 꽃〉이나 〈달밤〉에서처럼 떠돎의 운동성이 절제되며 정적인 사건을 형성한다. 소정은 아버지가 사라진 어머니를 찾지 않는다고 진술한다. 소정과 어머니 혹은 아버지와 어머니는 어떤 소통의 단초도 결여됨으로써 플롯의 활기를 절제한 것이다.

대신 소정의 피폐한 의식 세계가 주도적으로 이야기를 이끈다. 다시 말해 상처의 구체성이 소설의 주요한 주제 의식으로 나타난다는 뜻이다. 이 '사라진 자의 공간'은 한 마디로 상처의 상징이라고 볼 수 있다. 김근당은 세계에 대해 깊은 원한의 시니시즘(cynicism)을 상처가 드러나는 서사 전략으로 사용하고 있다.

먼저 작중 인물인 소정의 매미에 대한 비판으로부터 상처가 구체적으로 드러난다.

> 매미는 한여름만 살다 죽는다고 했다. 그 여름 내내 수컷들은 암컷을 차지하기 위해 서로 질투하고 싸우며 폭력적으로 노래를 부른다는 것이다.
>
> \- <매미와 바퀴벌레> 중에서

매미의 세계엔 "한여름만 살다 죽는다"는 짧은 생애에도 불구하고 "암컷들을 차지하기" 위한 수컷들의 전쟁이 한창이다. 그들은 개체 보존의 본능으로 "서로 질투하고 싸우며 폭력적으로 노래를 부른다"는 작중 인물의 진술은, 세계에 대해 원한이 깃든 시니시즘을 보여준다. 이러한 어긋난 현실 인식은 그녀가 어느 날 갑자기 겪은 몹쓸 짓에 근거한다. 그 몹쓸 짓이란 '매미'에서 '아기'로 이어지는 시니시즘의 동선을 통해 환기된다. 엄숙한 신비와 기쁨의 영역에 머물러야 할 생명에 대한 관념이, 매미에 대해선 폭력적 전제군주와도 같이, 아기에겐 "악마의 자식"으로 나타난다.

바퀴벌레는 그런 이기적인 인간들이 건설한 윤리 상실의 사회를 폭로한다. 정신이 피폐해진 소정의 귀에 바퀴벌레의 음성이 불쑥 들린다. 작가는 바퀴벌레와 소정의 대화를 통해 "중상모략하고 밟고 넘어서고" 하며 굴러가는 사회의 실상을 폭로한다. 바퀴벌레는 "우리도 그렇게 살아"라며 시니컬한 자기 고백을 보여 준다. 한편으론 "장애물을 털어내고 다시 일어서면 되는 거야"란 말은 인간의 끈질긴 욕망이 사회에 축적된 어마어마한 이기심의 세계를 드러낸다. 소정은 "너는 그것도 몰랐느냐?"며 소정을 꾸짖는데, 이처럼 시니시즘은 사회에서 견디는 하나의 생존 전략인 것이다.

상처 받은 한 인간의 분열된 자아가 '매미와 바퀴벌레'를 통해 사회를 비판하는 기제로 작용한다. 즉 상처를 직접적으로 서사 중심에 형상화하며 부조리한 세계를 묘사하고 있다. 따라서 이 작품에선 개인과 사회라는 관계의 윤리학을 통해 인간의 고뇌를 드러낸다. 이와 같은 대타자의 부조리를 작가는 〈아리랑 랩소디〉에선 주체적인 저항의 가능성으로 묘사한다.

이 소설에선 국가와 개인의 관계가 설정되며 인간적 본성이 전체 사회에서 어떻게 굴절되는지 제시한다. 김근당은 주인공을 가장 근원적인 자유가 통제되는 사회에 위치시켜 놓는다. 즉 개인의 사랑보다 인류 전체가 중요한 '사회주의 사회'에 편입된 인물들을 통해 체제를 뚫고 나아갈 주체의 가능성을 실험한다. 이러한 주체의 양상이 혁명의 두 층위를 보여주며, 궁극에 인간의 근원적 질서와 국가의 실체가 어떻게 얽히는지 형상화한다.

먼저, 북한 여성인 은영과의 사랑을 실현하려는 '나'가 개성의 발현이란 측면에서, 인간의 근원적 혁명의 세계를 보여준다. 목숨을 걸고 사랑의 도피를 시도하는 그는 마치 레지스탕스의 첩보전을 방불케 하는 서사 내용을 드러낸다.

> – 생활총화시간에 앙코르와트에 함께 갔던 동무의 비판을 받았습니다. 기다리고 있으라는 장소를 떠나 멀리 떨어진 곳에서 젊은 청년과 걸어오고 있는 것을 보았다는 것입니다. 누군가와 접촉하고 있는 것 같았다고 비판했습니다. 나는 그렇지 않다고, 화장실을 찾느라고 그랬다고, 강하게 부정했지만 청년동맹초급단체위원장 동무도 나를 의심하고 있습니다. 어떻게 될지 모릅니다.
>
> – <아리랑 랩소디> 중에서

위 장면은 은영이 화자에게 몰래 남긴 편지의 전문이다. 사랑이 개성의 발현이 아닌 사회 체제의 일탈인 공리주의적 세계에서, 모든 사적 영역의 말들은 국가에 들키지 말아야 할 밀어(密語)로 변절한다. 생활은 "기다리고 있으라는 장소" 너머로 벗어나지 못하도록 통제되며 정적 일상을 초래한다. 화자는 은영의 사회에선 체제, 법, 경제, 가치 등 모든 사상적 분야에서 철저한 타자인데, 이방인과의 접촉은 그대로 사회 불응의 가능성으로 고착된다.

따라서 사랑의 영역은 은밀한 세계로 밀려나 연인이란 존재를 숨어 있는 타자로 변질시킨다. 이방인인 '나'에게 은영과의 사랑은 필연적으로 투쟁이자 도피로 귀결될 수밖에 없는 것이다. 이러한 화자와 달리 직접적인 체제 전복을 목적으로 하는 사회적 혁명가들이 두 번째 양상으로 나타난다. 화자와 은영이 당국의 추적을 피해 숨어든 해상 가옥은 그 두 혁명가 부류의 대비를 돕는다.

> 여자가 신경질적으로 말한다.
> "여보. 조용히 해. 우리도 쫓기고 있으니까."
> 남자가 여자를 제지한다.
> "우리가 왜 쫓겨요. 누가 사람을 그렇게 죽이고 싶었겠어요? 폴 포트가 천국을 만들어준다니까, 천국을 만드는 데 걸림돌이 되는 사람들은 다 죽이라니까 죽인 것이지요. 안 그래요?"
> "그렇지만 우리가 삼 년 동안 죽인 사람이 백 명도 넘잖아. 아무 죄도 없는 사람들을 말이야. 세상이 바뀌고 이십여 년 동안 숨어서 살아보니 그때는 천국이 아니라 생지옥이었어. 우리 손에 죽은 사람들을 생각하면 지금도 진저리가 쳐진다고!"
> 남자가 여자를 윽박지른다.
>
> – <아리랑 랩소디> 중에서

은영과 화자의 도피는 베트남을 무대로 펼쳐져 있기에 두 사람이 북한과 당국의 추적을 동시에 받는 상황이다. 동력선을 타고 경찰들의 추적을 따돌려 가까스로 숨어든 집엔 크메르루주에 가담해 무장투쟁을 벌였던 도망자들이 살고 있었다. 사랑(개인)과 국가의 두 혁명가는 궁극에 모두 쫓기고 있는 신세라고 할 수 있다.

그러나 두 진영의 정체는 본질적으론 분명한 차이를 지닌다고 하겠다. 무장투쟁의 도망자들은 "천국을 만드는 데 걸림돌이 되는 사람"들 모두 살해하는 극단주의자들이다. 반면, 화자와 은영은 동반자를 살리기 위해 세계에 맞서는 혁명가이다. 이 두 혁명 부류에 의해

각각 "천국"은 확연한 차이의 의미를 생산한다. 극단주의자들의 천국은 폭력과 배척을 통해 통제사회를 건설하려는 전체주의 사회와 다르지 않다. 화자의 천국은 자유롭게 사랑을 나눌 수 있는 진정한 지복의 세계, 일반적 개념으로서 낙원을 가리킨다. 두 천국이 똑같이 이상 사회의 모델이겠지만, 각각 유토피아와 디스토피아로서 극명한 차이의 세계관을 드러내는 것이다.

사실 화자 '나'의 천국은 유토피아적으로 불가능의 세계라곤 할 수 없다. 그의 천국이란 오히려 평범한 생활을 이어나갈 수 있는 세속적 공간을 말한다. 아니, 천국이 아닌 지상에서의 평범한 사랑을 가리킬 것이다. 그러나 현재 화자와 은영이 처해 있는 세계는 그 평범한 삶조차 허락해 주지 않는 극단적인 모순의 사회이다.

김근당은 국가와 개인의 억압 관계를 통해, 건강한 삶과 보편적인 모럴의 긍지가 사라진 상징적인 적지(赤地)를 제시한다. 이로써 세계와 인간, 사회와 개인, 국가와 개인, 개인과 개인의 구조를 두루 살피며 삶의 실체를 드러낸다. 그 속에서 불시에 낯설게 변해 버린 삶의 근거를 개인이 어떻게 극복하는지 보여주며, 절망이 삶의 총체성임을 밝혀 놓는다. 다시 말해 풍속과 원형의 차원을 폭넓게 천착해 우리 내면에서의 디아스포라를 밝혀 준다. 인간의 천성적 슬픔과 냉소의 교착지에서 현실에 대한 긍정이 솟아오르는 타이밍을 우리에게 전해준다. 긍정과 기쁨의 재료가 긍정이 아닌 슬픔과 냉소란 진실을 함께 들려주고 있다. 적어도 김근당의 소설 세계에선 '혼돈'이 리리시즘(lyricism)과 시니시즘(cynicism)을 뒤섞고 흔드는 즉, 기쁨과 비전의 제조 과정인 것이다.

김근당 소설집

겨울 야생화

초판 1쇄 2020년 3월 27일

지은이 김근당
펴낸이 안혜숙
편집 디자인 임정호

펴낸곳 문학의식
등록 1992년 8월 8일
등록번호 785-03-01116
주소 우편번호 23028 인천시 강화군 강화읍 국화리 840-1 삼원아트빌 402호
우편번호 04555 서울 중구 수표로6길 25(충무로3가 25-12) 501호(서울 사무소)
전화 02.582.3696
이메일 hwaseo582@hanmail.net

값 13,000 원
ISBN 979-11-90121-11-8